Antoine Audouard

L'Arabe

Gallimard

239;
grad-
28 ; 1;
239;
3

Antoine Audouard est né en 1956. Avant de consacrer vingt années de sa vie à l'édition, il avait publié trois romans. *Adieu, mon unique* a marqué un retour à la littérature, salué par la critique et traduit en douze langues. Depuis, il a publié *Une maison au bord du monde* (2001), *La peau à l'envers* (2003), *Un pont d'oiseaux* (2006) et *L'Arabe* (2009).

À Mourad et à son fils,
Noé-Ismaël

L'hostilité nous est plus proche que tout.

RILKE
Élégies de Duino

Première partie

LA PIERRE

Manquerait plus que ce soit un Arabe, dit Mamine — et tout le monde se mit à rigoler, sauf Noémie, sa fille, qui venait d'arrêter de fumer et faisait la toupie tant et si bien qu'elle nous soûlait, à force. Si c'est un type gentil, dit David, dans le fond, on s'en fout, mais son père le reprit, ces gars-là je les connais et crois-moi, ils sont pas comme nous. Dans l'ensemble, tout le monde trouva que Mamine en avait de ces idées, un Arabe petite place des Hommes, il n'y avait qu'elle pour nous inventer ça. Puis Trevor s'explosa le nez et deux dents en fonçant droit dans le mur avec son nouveau vélo, et on oublia tout dans l'engueulade entre José, qui était d'avis de lui mettre une rouste pour être aussi con, et Noémie, qui voulait aller à l'hôpital.

Mais quand le gars arriva, quelques jours plus tard, et que pour de vrai c'en était un, d'Arabe, ça mit une drôle d'ambiance. Mamine dut jurer à José qu'elle avait dit ça comme ça, et puis zut à la fin, c'était elle et Noémie qui allaient vivre à côté, et pas lui.

Il fut question d'aller chez Juste en délégation et on n'en parla plus : après tout, la cave était à lui et il pouvait la louer au diable s'il voulait, et puis le Juste c'était pas le genre à qui on fait des remarques, surtout depuis la mort d'Alice.

Des Arabes au village, on n'en avait pas vu tant que ça : les quelques vieux qui venaient l'après-midi se chauffer sur le banc contre la vieille salle polyvalente rénovée en halle à l'ancienne, des journaliers pour les vendanges, ou bien des jeunes de la ville qui, le samedi soir, se laissaient enfermer dans le parc du château pour fumer sur le parcours santé, faire du skate-board et Dieu sait quoi d'autre. José avait lancé une pétition dans le quartier, qui avait recueilli au moins douze signatures, mais le maire, évidemment, ce pédé, il en avait rien à foutre.

Mamine, les Arabes, elle ne les aimait pas. Ils ne lui avaient rien fait de personnel mais il n'y a pas de fumée sans feu. Tiens, pas plus tard que l'été dernier, Lapino, le kiné, avait été braqué chez lui, enfermé et menotté au radiateur de ses toilettes. Le même jour, une bande cagoulée avait embarqué les autotamponneuses dans un camion. Le même jour. Ça, c'étaient des choses qui seraient pas arrivées avant, et c'était quoi la différence avec avant ? La différence, c'est les Arabes, voilà. Des Italiens, des Espagnols, des Portugais, des Normands, un Polonais, un Breton, des Indochinois et même un Noir il y en a eu au village et, ma foi, on est toujours là. Mais les Arabes, comme avait dit José, c'est pas pareil, c'est pas du racisme, c'est culturel. Et si on laisse faire, notre église sera transformée en mosquée et à l'école du village on récitera le Coran. Là je plaisante mais un matin tu te réveilleras et ça sera fini de rigoler.

À cette époque-là, Mamine venait de passer la maison du haut à Noémie parce qu'elle n'arrivait plus à monter l'escalier. Elle était grosse à en tomber les bras, même que la doctoresse (qui n'était pas mince non plus) avait renoncé aux cajoleries ou aux menaces pour la mettre au régime. Cette question des régimes, d'ailleurs, ç'aurait été injuste de dire que ça ne l'intéressait pas, Mamine : elle en avait plein son étagère, à côté de la pile des livres donnés autrefois par Gimbert Aîné, des pages arrachées ici et là dans des magazines et qui montraient des photos de filles bronzées sans un gramme de graisse aux hanches, des filles qui n'existaient pas dans la vie, et en tout cas pas au village, ou même dans la vallée. À force d'investigations clandestines, Mamine avait fini par trouver le régime qui lui conviendrait le jour où. C'était un nom difficile à prononcer et porteur de fabuleuses promesses : la Soute Bitche Diète. En attendant, elle allait faire ses courses au village dans le petit fauteuil électrique rouge que son neveu David lui avait offert avec sa première paie. Ce garçon il n'y avait pas plus doux, même son père le disait, s'inquiétant un peu de le savoir là-bas, au sud du Sud, sur des navires d'acier qu'on n'avait plus assez de sous pour envoyer en mission civilisatrice et qui restaient en rade à faire des ronds dans l'eau. La coupe militaire ne laissait au gamin qu'un duvet blond dans le cou et ses grands yeux bleus s'étonnaient de tout, à la limite entre l'innocence et la stupidité. Une fois par an, ils avaient le droit d'emmener un membre de leur famille pour un baptême en mer, c'est ma Mamine qui va venir avec moi, menaçait-il, et elle faisait sa grosse voix, c'est qu'il veut ma mort, le gamin, et ils terminaient dans les bras l'un de l'autre, elle le serrant à l'étouffer, le couvrant de bisous, lui faisant mine de vouloir s'échapper. Quand on pensait à sa salope de mère, ça tenait du miracle.

Pour en revenir à l'Arabe, Juste ne voulait pas en parler et on pensait que peut-être il s'était fait embrouiller, peut-être il n'avait pas vu venir le coup, quand même il connaissait la petite place des Hommes. C'était là qu'il était né, dans la maison dont son frère Clément avait hérité et qu'il louait en ce moment à un genre d'homme des bois qui ne parlait qu'en grognements et qui, on en était tous sûrs, était celui qui avait barbouillé de merde le portail de José pour une histoire de voiture mal garée. Et avec ça cocu, ce qui donnait envie de rire à Mamine quand elle le voyait passer, accroché à son gros chien qui sentait mauvais. Faut dire, peut-être c'était la maison, peut-être c'était Clément, n'empêche il ne louait qu'à des dérangés.

Sur la petite place des Hommes, Juste racontait des histoires du temps où il y avait un cerisier au milieu et où, à la tombée du jour, les hommes se rassemblaient en de longs conciliabules silencieux d'où les femmes et les enfants étaient exclus. Il parlait du vieux Gimbert, un monsieur pas bavard, et de comment, quand il était môme, il allait lui chercher son pain. Il montrait le petit banc et disait cul par cul qui s'était assis là — et le puits à côté, du temps où on y mettait les bouteilles à rafraîchir par six dans le casier accroché au bout de la chaîne. Il montrait même cet outil avec lequel on allait pêcher une bouteille quand elle tombait du casier. Alors un Arabe ? Ça nous dépassait complètement.

Depuis aussi longtemps qu'on s'en souvienne, la cave de Juste avait été la réserve de pierres tombales du fossoyeur Guillaume, puis, à la surprise de tous, son logement aussi quand sa femme était morte et qu'il avait donné à son fils leur petite maison située plus haut sur la route des Pierres. On ne savait pas bien comment c'était aménagé là-dedans, humide comme la mort, sûrement, et Juste avait essayé de le dissuader mais le vieux Guillaume n'avait rien voulu entendre.

Sur Guillaume on racontait de tout, et même que la nuit de la mort de sa femme il avait soupé au Café des Vents tandis que le cadavre refroidissait doucement dans le charreton. Ce qui est sûr, c'est qu'il était devenu bizarre avec l'âge et faisait peur aux enfants qui le croisaient, le regard absent derrière ses lunettes jaunes, glissant sur la veine grise de la rue des Blocs. À la fin, il ne faisait plus l'effort de parler et si on lui posait une question il s'accroupissait pour tracer des signes incompréhensibles dans le sable.

Il était mort, Guillaume, de la plus étrange des façons : sur la route de la Vallée, alors qu'il conduisait son antique moto avec le charreton vide attelé, il avait été décapité par une plaque métallique envolée du chargement mal arrimé d'un semi. Ç'avait même fait la une du journal local, cette histoire, le cadavre sans tête qui s'accroche au guidon de la moto sur deux cents mètres, la tête arrachée qui roule comme un ballon de football au milieu des tournesols fatigués, et jusqu'à la prime de douleur morale qu'on avait bien été obligé d'attribuer à cet imbécile de Maurice, l'employé des services généraux à la mairie, qui avait été le premier à la trouver, cette vache de tête, avec des insectes et des vers qui lui grouillaient dans les narines ensanglantées. On avait même cherché noise au conducteur du camion, un Marocain aux dents jaunes qui parlait mal et s'appelait Omar, bien entendu.

Quand Juste allait au cimetière arroser les fleurs sur la tombe d'Alice, dans chaque allée les morts l'arrêtaient, l'invitant à reprendre des conversations interrompues des années auparavant. Il avait l'âme encombrée de fantômes dont les noms inutiles lui venaient sans effort. Sa vie même avait passé dans la rumination d'une longue solitude interrompue par des moments de douleur fulgurante, incompréhensible. Au téléphone, ce matin, il avait laissé Bernard lui raconter je ne sais quelle histoire d'un jeune conducteur qu'ils engageaient chez *Frères* et qui cherchait un logement provisoire au village. Bernard avait insisté sur ce mot, provisoire, et bêtement Juste s'était dit, quelques jours, le temps de, et puis, mais non.

À peine il avait accepté que le Bernard avait ajouté, avec un petit rire gêné, ah oui, et puis j'ai oublié de te dire, c'est un Arabe, ça ne te dérange pas ?

C'est moins dangereux qu'une belle gonzesse, avait répondu Juste, s'étonnant lui-même de sa plaisanterie vulgaire, la détestant aussitôt, et avec elle Bernard et toute cette histoire.

Provisoirement, il était trop tard.

L'Arabe s'était pointé à vélo, un soir d'orage, et Juste n'avait pu s'empêcher de penser à son aïeul carrier, qui était arrivé par la route du Nord au milieu d'une nuit traversée d'éclairs et en avait laissé le témoignage effaré — au milieu d'imprécations anticléricales — dans un cahier pieusement conservé. Après avoir mangé la fin de son casse-croûte adossé à la chapelle Saint-Michel, il était parti vers le village à travers une pinède qui ne cessait de s'élever, sous une pluie qui le glaçait jusqu'aux os, terrorisé par des rochers aux formes de monstres, et avait fini par trouver son salut — ça ne s'inventait pas — à la ferme du Pas de l'Ange.

L'Arabe ne disait pas grand-chose et ne se plaignait pas, trempé, un sac sur le dos, ne laissant pas même reposer le vélo sur le muret où, à la belle saison, Juste avait aimé laisser grimper les roses, assez haut pour qu'Alice soit contente, pas trop pour ne pas lui boucher la vue, car il tenait à sa fonction de vigie de la route des Pierres.

— Tu as de quoi dormir ? demanda Juste en jaugeant le sac qui ne pouvait contenir plus d'une ou deux tenues de rechange et une serviette pas plus grande qu'un mouchoir.

— J'ai ce qu'il me faut.

C'était dit poliment, à voix basse, mais Juste y perçut un ton de défi. Pour la dixième fois depuis qu'il avait cédé à Bernard, il fut sur le point de dire qu'il regrettait, la cave n'était pas à louer. Une fois de plus, le mot de provisoire vint à sa rescousse et il se réfugia derrière lui.

L'Arabe marchait en traînant la jambe, une imperceptible claudication qui ne le freinait pas. Il était encore dans sa tenue de travail, un jogging bleu foncé de marque inconnue, des chaussures de sport pleines de boue. Il pouvait avoir vingt-cinq ans, des cheveux longs, durs et bouclés, attachés par un élastique, des yeux noirs qui ne fuyaient pas, ne s'attardaient pas non plus.

Dans cet endormissement qui sépare les derniers jours d'automne du début de l'hiver, chacun au village se trouvait une occasion de se rattacher par la terre à des générations qui n'étaient plus paysannes depuis longtemps. C'est un verger, un champ — pour Juste une oliveraie où il allait se griller une saucisse, boire un peu de vin rouge et regarder les monts, les petits monts qui dominent le village. Il lui arrivait de prendre une poignée de terre froide dans la main et de la faire couler entre ses doigts, laissant venir à son esprit quelque pensée philosophique sur l'impermanence de toutes choses. Dans cette ombre qui les faisait glisser vers la mort, leur occupation saisonnière était réduite à se surveiller les uns les autres.

Tout en descendant avec l'Arabe vers la petite place des Hommes, Juste se demandait lequel de ses voisins avait été le premier à l'apercevoir, lequel serait le premier à parler. Et puis il se sentait mal à l'aise aux côtés de l'autre, quoiqu'ils fussent séparés par le vélo, le vélo tout noir à guidon droit qui lui sembla assez lourd.

— Tu as mangé ?

— Merci bien, oui.

Une bouffée d'indignation l'envahit à nouveau. Pour qui il se prenait, le type ? Puis ça retomba comme c'était venu, se mua soudain en lassitude : pas la peine d'en faire une histoire, s'il n'avait pas faim.

Mamine était sur sa petite terrasse à balayer quand ils arrivèrent et Juste la salua d'un signe de tête, ce qui n'était pas son genre. Les deux chiens aboyèrent un bon coup et une voix d'homme — José, sûrement — les injuria familièrement du fond de l'impasse. De chez Noémie provenait le bruit de la télévision qu'elle avait pris l'habitude de ne jamais éteindre, comme sa mère. Après huit heures d'affilée au salon de coiffure, elle avait mal aux cervicales et la télé comblait son besoin d'entendre des voix qui ne te parlent pas de leurs mecs, ex, épilation et tout le bataclan.

Des dizaines de clés pendaient à son trousseau ; Juste en détacha sans hésitation celle de la cave.

— C'est ici, dit-il inutilement, descendant déjà les six marches assez hautes, trouvant aussitôt l'interrupteur à main gauche.

C'était une cave ancienne, une inscription disait 1643, ce qui ne voulait rien dire car aussi bien elle avait été creusée dès l'époque des Romains, les premiers à découvrir les possibilités de notre calcaire tendre et à l'utiliser pour leurs théâtres et leurs palais. À l'âge moderne, on en trouvait surtout dans les cimetières.

L'Arabe avait descendu son vélo dans la cave et l'avait posé contre la paroi à mi-hauteur derrière laquelle Juste avait installé lui-même la salle d'eau : d'un côté un évier avec un robinet d'eau froide, de l'autre une douche, avec la cuvette des toilettes au fond. Juste alluma le chauffe-eau.

— Donc tu n'as besoin de rien ? dit Juste.

L'Arabe secoua la tête.

Il n'y avait pas grand-chose dans la cave : une

table bancale, un tabouret, les deux meubles couverts de salpêtre, un sommier, des casiers à bouteilles vides, un réchaud à gaz, un Frigidaire vieux de cinquante ans et qui grinçait et grondait furieusement en se mettant en marche. Dans le fond, derrière un rideau tiré, traînait le restant des affaires de Guillaume et puis quelques pierres qui ne trouveraient pas mort à leur taille. Juste s'était promis de les enlever un de ces jours ; là il était pris de court.

L'Arabe fouilla dans sa poche et lui tendit quelques billets. Juste refusa sans même toucher l'argent.

— Moi, j'ai fait affaire avec Bernard.

— C'était pour être sûr, dit l'Arabe.

Le « provisoire » resta coincé dans la gorge de Juste.

— N'oublie pas d'éteindre demain matin en partant, dit-il seulement. On ne veut pas qu'il arrive un accident.

— J'use pas beaucoup de lumière, dit l'Arabe.

— Le chauffe-eau aussi, tu l'éteins.

L'autre hocha la tête. Juste ne se décidait pas à partir. Les outils de carrier de l'aïeul étaient au fond, derrière le rideau, sous une bâche où ils avaient dormi pendant trente ans et plus, compagnons du fossoyeur. Il frôla l'Arabe pour aller les chercher, se baissa et les ramassa sans un mot.

En montant les trois marches, il entendit un froissement derrière lui. L'Arabe avait trouvé quelques cartons vides et il les dépliait sur le sommier.

— Qu'est-ce que tu fais ?

Dans la pénombre, l'Arabe n'eut qu'un geste désolé.

— Alors viens.

— Je n'ai besoin de…

— Viens, je te dis.

Ils traversèrent la place et remontèrent le chemin en silence. Il ne pleuvait plus mais l'air était encore chargé d'orage. Plutôt que de passer par le verger pour aller à son appentis, ce qui aurait révélé à l'Arabe dans quelle anfractuosité il accrochait sa clé, il longea le mur et fit le grand tour. Il avait sa brocante à lui, le magasin d'un homme qui n'aimait rien jeter parce qu'on ne sait jamais — les bouts de ficelle, les burettes vides, et jusqu'aux clous rouillés qu'il redressait sur l'établi et laissait à tremper dans l'alcool. Il déposa sa brassée d'outils. Sous la poussette de Caroline, enveloppé dans des liasses de papier journal donnant des nouvelles des années 60, dormait un matelas de lit d'enfant.

D'un signe de tête, Juste indiqua à l'Arabe par où il fallait le prendre. En sortant, l'Arabe vit la cage de Jazz et Juste eut encore envie de hurler — mort lui aussi, le clebs, tous morts, c'est ça que tu veux entendre ? — et encore se tut. Arrivés à la cave, ils posèrent le matelas sur le sommier et Juste remonta à pas lents, d'un coup épuisé par tout ça.

Chez lui, il ferma les volets et monta dans sa chambre sans prendre le temps d'allumer la télévision. De toute façon il avait raté les informations et il ne regardait que ça, les mauvaises nouvelles du monde et puis le ballon, quand il y en avait, sauf qu'il ne reconnaissait plus personne dans l'équipe.

Même s'il était séparé de la cave par un étage et dix mètres de pierre calcaire, il lui semblait entendre résonner, amplifié, chacun des bruits que l'autre faisait en bas, l'eau qui coulait, et puis, comme si des rats profitaient du noir pour partir à l'aventure, le froissement des cartons. Il allait s'endormir lorsqu'il se redressa dans un cri, la poitrine soulevée d'une terrible sensation d'étouffement. Il avait vu l'Arabe enlacé avec Caroline, tandis que le matelas transformé en barque à fond plat dérivait sur un des lacs souterrains des grandes carrières, là-haut, où lui, Juste, avait eu son premier boulot, quand il avait treize ans et que le tunnel venait d'être creusé.

Il alluma pour chasser l'image et se força à lire sans lire — une de ces vieilles revues qui traînaient toujours à côté du lit et qui parlaient de la vie au temps d'avant. Tu vas lire une de tes vieilles revues, disait Alice de sa voix chantante, avec une ironie légère, et il enfouit son visage dans l'oreiller, incapable de pleurer toutefois, la colère et la tristesse se disputant en une houle qui mit longtemps à s'apaiser en lui.

Quand ce fut un peu calmé, il reprit sa place dans le lit double, veillant à ne pas empiéter sur le territoire de celle qui n'était plus, et s'endormit sans paix, sa vieille revue dans les mains, tandis que les rats continuaient leur promenade.

— Et puis j'ai un nouveau locataire pour la cave, un Arabe.

Juste allait dire quelque chose de plus et finalement il ne dit rien et n'en dit jamais plus, ce qui en disait long, laissant José et Mamine, à blaguer, à s'engueuler, comme ils avaient fait depuis qu'ils étaient frère et sœur, c'est-à-dire depuis toujours.

— Tu étais au courant, alors ?

— Comment tu veux que je sois au courant ?

José la visa de son air entre deux airs. Avec tous les sous qu'il avait, il continuait à conduire sa vieille camionnette, dont il arrêtait le moteur dans les descentes pour économiser l'essence. Derrière le gros monsieur qui prospérait, elle n'avait cessé de voir le garçon à la poitrine creuse qui se faisait battre à l'école.

— Pourquoi tu l'as dit, alors, le coup de l'Arabe ?

— Peut-être je suis voyante. Peut-être que dans le monde il y a des endroits où au lieu de me traiter comme une merde je serais divine et on m'apporterait à becqueter des boîtes de friandises et on me baiserait les pieds.

José se mit à rire en mettant le contact.

— Et puis c'est pas toi qui vas l'avoir à côté, c'est moi.

— À plus, déesse !

— Petit con !

Le pire, c'est que c'était vrai : d'avoir l'Arabe dans son dos, ça énervait Mamine plus que tout, et de ne pas savoir ce qu'il pouvait fricoter quand elle était dans sa cour où elle avait son rosier grimpant et où elle garait son fauteuil électrique rouge.

Le premier samedi, elle profita de la permission de David pour lui en parler et le petit lui dit qu'il allait lui percer un trou dans le mur, comme ça elle pourrait garder un œil sur l'Arabe et si elle trouvait un truc suspect, un seul, on verrait ce qu'on verrait. Plus tard, il demanderait à son père de lui installer une caméra de surveillance. Trop mignon, le gamin — et costaud avec ça, des mains, des épaules, un de ces petits corps musclés, et son visage si doux par là-dessus, même avec les cheveux de la boule à zéro.

— Tu vas pas te mettre la rate au court-bouillon pour ça, mon David.

Le gosse regardait sans arrêt vers la cave, des fois que l'autre ait sorti la tête.

— C'est de te voir triste, Mamine.

— Avec le trou, là, ça ira mieux.

Rien que de dire « trou », Mamine se mit à gigoter. N'empêche, David ne se tranquillisait pas. Elle dut lui demander d'arrêter de se lever à tout bout de champ, ça lui donnait le tournis.

— Et tu l'as vu, le…

— Évidemment que je l'ai vu.

— Et alors ?

— Alors quoi ?

— Ben il est comment ?

— Ben c'en est un. Il est pâle, hein, mais tu ne peux pas t'y tromper. Des cheveux comme des poils de couille. Et puis il a le poireau là, au menton, comme ils ont tous. Te dit ni bonjour, ni bonsoir, de toute façon avec moi il peut se brosser. Ton père, je te dis pas, il a même pas intérêt à lever les yeux sur lui s'il le croise, il te le découpe en rondelles.

— Ce que je veux pas, c'est qu'il te fasse du mal à toi.

Mamine se mit à rire et lui dit de venir l'embrasser, elle ne s'en lassait pas.

— Personne fera du mal à Mamine. C'est à toi qu'il faut faire attention, tu es si beau que la première qui voudra te croquer elle te mettra le grappin dessus.

David rougit.

— Sur les bateaux il n'y a que des garçons, ou presque.

— Alors on n'a pas de souci, hein ?

David ne faisait que rougir et tourner la tête. Profitant de ce que son père n'était pas là pour la retenir, elle l'embrassa sur les joues, dans le cou, et sur les lèvres, en lui disant que si elle avait pu elle l'aurait épousé, il n'en trouverait pas une dans le grand monde, même en en faisant dix fois le tour sur ses horribles bateaux gris acier, qui s'occuperait mieux de lui. Lui, tout en la chatouillant, se laissait étouffer dans cette masse de chair rose et gris qui sentait la sueur salée, et il était rassuré, et il avait peur, aussi.

Depuis son coup de fil, Bernard n'avait pas rappelé Juste pour lui demander comment ça se passait avec l'Arabe. Évidemment il n'en parlait à personne, à qui il en aurait parlé ? La seule ç'avait été Alice, mais Alice était en terre, et ces saligauds, en taillant le cyprès au-dessus de la tombe, avaient laissé dégoutter de l'huile sur la pierre, ça faisait des taches impossibles à enlever.

Ce qui le dérangeait plus que tout c'était d'être, lui, au centre des conversations du village, au lieu d'avoir sa place habituelle de celui qui voit le monde se défaire et les méchants gagner à tous les coups. Juste n'aimait pas qu'on parle de lui, et à cause de l'Arabe encore, qu'on appelait déjà « l'Arabe de Juste » alors qu'en vérité c'était celui de Bernard, qui l'avait embauché, contrebandé pour ainsi dire pour des raisons (Juste en aurait levé les bras au ciel s'il avait pu prendre quelqu'un à témoin) qui dépassaient entendement et bon sens et toutes traditions honorablement connues depuis les siècles des siècles. Et puis des feignants et des chômeurs, il n'y en avait pas assez au village, hein, et dans toute la vallée, pour qu'on ait besoin de faire venir des étrangers, et arabes avec ça ! Bien sûr ce n'était qu'un petit Arabe de rien du tout quelque part dans une cave qui se débrouillait même pour ne pas trop se faire voir quand, à l'aube, il traversait le village à vélo pour aller au travail, pas plus que le soir quand il revenait, un Arabe invisible et fier de l'être, qui ne se montrait ni au Café des Vents, ni à l'église, ce qui soudain en dérangeait certains qui par ailleurs n'y mettaient jamais les pieds mais ce n'était pas pareil.

On était sur la fin de l'automne, un bel automne où le couchant allumait des gammes jaunes et rouges sur la route du Paradis qui, à travers champs, à l'ombre encore masquée des monts, menait au village suivant dans la vallée. À part admirer les paysages et feuilleter les catalogues de voyage, pendant six mois de l'année, chez nous, on s'emmerde. Alors l'Arabe, ça occupait.

Dans sa colère rentrée, Juste aurait déjà voulu tomber sur Bernard par hasard, et lui dire ses quatre vérités, eh, oh, c'est pas parce qu'il était en fauteuil qu'il allait se gêner, hein, mais il se tournait les sangs tant et plus car il savait que, sans recourir à une roublardise excessive (il lui en avait bien fallu pour réussir comme il avait réussi, et Juste avait pour la réussite des autres une admiration méfiante, un respect fragile qui ne résistait pas à la plus petite rumeur de malhonnêteté, collusion, corruption et autre prévarication), Bernard n'aurait pas de peine à lui clouer le bec. Tout le village, maire en tête, craignait les reparties cinglantes et les jugements sans appel de Juste, et il allait faire croire qu'il avait logé l'Arabe sous l'emprise de la peur ?

Il avait ses raisons, que Bernard ne connaissait pas, pas plus qu'il ne connaissait les raisons de Bernard pour embaucher l'Arabe, et si quelqu'un n'était pas content, qu'il vienne le lui dire en face, comme un homme. C'était pire encore de penser — ce que Juste ne pouvait s'empêcher de faire à la boucherie, je crois qu'aujourd'hui je vais prendre de ce paleron, là, ça m'a l'air d'être une belle pièce, et pour combien de personnes, monsieur Juste ? pour un, comme d'habitude ? elle ne pouvait pas le hurler, cette niaise, qu'il était seul ? il devait se retenir pour ne pas lui aboyer dessus et simplement hocher la tête en signe d'assentiment, oui, c'est ça, oui, un, un, le nombre de sa vie, un comme un commencement sans suite, un comme tout seul à midi, comme fils unique, un comme père d'une fille disparue, un comme veuf, un comme une ombre dans le jardin, un comme un chien — pire, donc, de penser que c'était Bernard le rusé qui avait raison sur toute la ligne alors que lui, Juste le juste, s'était fourvoyé sans raison valable, par une faiblesse constitutive qui le retenait même de rappeler Bernard et de lui dire tu sais, je me suis trompé, et puis la cave je vais la garder pour moi, je suis comme ce pauvre Guillaume, je garde tout et dans l'atelier, là-haut, je ne m'y retrouve plus. Non, il ne dirait rien et n'appellerait pas : il s'obstinerait, d'un bloc, là-dedans comme dans le reste.

Un mot lui revenait pourtant, amer comme de la rouille : couillon, grand couillon, et en quelques jours il ne se défit plus de la certitude que chacun dans le village, dès qu'il le croisait, riait par-devers lui : Juste — Juste le terrible —, mais tu ne le connais pas ? c'est un couillon, un grand couillon — et la rage lui venait aux joues et le brûlait.

— Et le fou, demanda Mamine, il te menace toujours ?

— Arrête de parler de ça, maman.

— Je te demande juste s'il te menace, ce voyou.

— Non !

— Il ne vient plus au salon ?

— Non !

— Il n'appelle plus ?

— Non.

Noémie avait un peu hésité et Mamine leva le doigt.

— Il a téléphoné. Je le sais.

Noémie soupira.

— D'accord, il a téléphoné, j'ai prévenu les gendarmes et voilà.

— Et le petit ?

— Ils le savent à l'école.

— Qu'est-ce qu'il a dit au téléphone ?

— Les mêmes conneries que d'habitude, pute, salope, je te crèverai, pute, salope.

— Tu as raison, ma fille, pas de quoi s'inquiéter.

— J'ai pas dit ça.

— Tu m'en as pas parlé.

— C'est toi que je ne voulais pas inquiéter.

C'était une discussion qu'elles avaient eue cent fois et Mamine se contentait d'avoir eu raison sans accabler sa fille. Devant la télé, Trevor finissait un paquet de céréales en se triturant l'oreille où Noémie avait accroché un petit diamant de fête foraine, un jour qu'elle avait trouvé ça mignon mais là, non.

— Mamine, ça me plaît pas. Je peux changer ?

— Non.

Quand elles étaient ensemble, c'était toujours à sa grand-mère qu'il demandait et Noémie ne disait trop rien même si ça l'énervait un peu.

— Vous regardez même pas !

— On regarde.

— Non !

— C'est pas les petits cons qui vont nous faire la loi sur la télé. Et puis d'abord c'est pas des programmes pour toi. Tré-vo-reuh, touche pas ta croûte.

Depuis l'accident de vélo, Trevor avait juste au-dessus de la lèvre une vilaine petite blessure qui ne cessait pas de suppurer et de se rouvrir. Une de ses dents de devant était ébréchée, ça lui donnait un genre, disait Mamine, que les autres l'emmerderaient moins.

Du coin de l'œil mère et fille mataient les couples capoter. En vrai, c'étaient mensonges et compagnie, tous payés pour cette comédie.

— T'aurais pu y être, toi, sur l'île, si tu avais pas suivi cet abruti.

— Tu vas pas recommencer, maman.

— C'est vrai, je vois bien comment ils te regardent.

— Arrête, je te dis.

— Même l'Arabe, il te regarde. Remarque, ça te déplairait pas, peut-être.

— Maman !

— Tu commences avec un petit voyou, tu peux terminer avec un melon.

— Maman, t'es dégueulasse.

Elles avaient oublié Trevor qui s'endormait d'ennui devant deux bronzés qui prenaient leur temps pour se faire un bisou. Pute, salope, melon, ça se rangeait à l'endroit dans sa tête où il y avait déjà pédé, enculé, fiotte et compagnie.

— Ça te dirait peut-être, un kiki en biseau !

— Arrête, putain !

Mamine était sûre de toucher Noémie à tous les coups, quand elle la cherchait, si sûre que ça n'était même pas drôle. Plus jolie qu'elle, sa fille, peut-être, encore qu'au même âge il aurait fallu voir, à part ça, pas plus de cervelle qu'une roupie de sansonnet. Elle la regarda prendre son fils à moitié endormi sous le bras et remonter chez elle sans lui dire un mot.

— Tu ne dis pas bonsoir à ta maman ?

Noémie marqua un temps d'arrêt.

— Pas quand tu es méchante.

— Mais je rigole ! Tu ne sais pas rigoler. Allez, viens embrasser ta grosse maman.

Kiki en biseau, c'était José qui avait sorti ça. José savait bien rigoler quand il n'était pas en rogne, tu crois qu'il a le kiki en biseau, l'Arabe à Juste ? hein, tu crois ? et Mamine, bête d'abord, qui s'était mise à rire, mais à rire, et faisait le tour de sa cour en terre répétant comme une poule, le kiki en biseau, le kiki en biseau, rien que d'y penser elle avait envie de faire pipi. Elle laissait toujours la télé allumée pour s'endormir et se réveillait au milieu de la nuit pour l'éteindre ou ne l'éteignait pas, baleine flottant sur le matelas en mousse qui lui servait de lit, en sueur, la main sur sa chatte mouillée comme une éponge, deux doigts glissant à l'intérieur mieux que n'eût fait un kiki en biseau.

Elle finit par se lever, le sang battant par tout le corps, et sans allumer la lumière pour que l'Arabe ne la voie pas, elle tituba jusqu'à sa porte. Elle portait encore sa robe de la journée, toute baignée de la sueur du travail et de mauvais sommeil. Sur le terre-plein de Noémie elle avait mis du terreau et planté de petites fleurs rouges, violettes, jaunes qui avaient résisté loin dans l'automne, grâce à la douceur de l'air.

C'est à moi, siffla-t-elle à voix basse, le souffle encore court. Et elle prit une poignée de terre et la mâcha longuement.

Quand le goût eut imprégné sa bouche, ses lèvres, sa gorge, elle eut envie de vomir. Elle cracha vers la porte de l'Arabe, et c'était une malédiction puissante et ancienne, qu'il n'était au pouvoir de personne de conjurer.

Je ne suis pas dégueulasse, dit-elle en s'essuyant les commissures des lèvres avec un pan de sa robe, je suis divine.

Et elle repartit dormir.

Le matin, elle arrivait à sept heures et s'asseyait au bord de la berge du lac, pour le seul plaisir de jouir du silence et des oiseaux, hérons, aigrettes, canards — et les chasseurs d'Afrique bleu et vert qui trouvaient refuge au fond des trous creusés dans les remblais réguliers. Roland avait travaillé les berges à la pelle et il en était fier, en touchant sa petite barbe il lui envoyait un sourire, tu peux chercher tout ce que tu veux, c'est pas une machine qui te les taillerait comme ça.

Le tapis qui serpentait jusqu'à l'usine était immobile, la trémie où l'on triait les graviers encore silencieuse et les engins de chantier alignés derrière la butte. Ce n'était ni beau ni laid, les terres des frères Patigorski, qu'on appelait les Russkoffs, pour faire court, des paysans au front bas qui articulaient rarement trois mots de suite et louaient leurs cinquante hectares à cinq cents millions par an pour qu'on en extraie tout le gravier possible.

Juste à l'entrée du chemin d'exploitation de

la carrière, il y avait une petite ferme non chauffée, et elle avait demandé si elle pouvait l'occuper, pensant qu'il n'y aurait pas de loyer, mais tu parles, les Russkoffs, après consultations mutuelles, grognements et gestes à l'appui, avaient indiqué un prix qu'il ne fallait pas songer à discuter.

Sur le chantier, ils l'appelaient l'Indienne ou la Sauvage, de longs cheveux noirs qu'elle coupait elle-même, plus ou moins adroitement, et attachait n'importe comment, ce qui donnait l'impression qu'elle avait un palmier sur la tête, d'autres jours un olivier mal taillé, ça ne la dérangeait pas d'être une forêt de fille. Les Russkoffs ne lui faisaient pas peur, ni Bernard, naturellement, ni Roland et aucun des ouvriers, à part Yves peut-être, à cause de son prénom, Yves endive, Yves t'arrives ? — des trucs de cour de récré. Non, c'était plutôt elle qui les effrayait, en tout cas au début, qu'est-ce qu'une fille pas trop moche (car malgré son survêtement avachi et sa coiffure en plumeau, il n'était pas difficile de deviner qu'elle n'était pas mal foutue) faisait dans un coin pareil, sur cette terre perdue portant le nom poétique d'île aux Rats et qui n'avait d'intérêt que pour les Russkoffs (cinq cents millions par an, il faut le redire, même dans une monnaie qui n'existait plus, ça vous avait quelque chose d'effrayant pour deux rustres non mariés, attifés toujours de la même façon et qui ne dépensaient rien car ils n'aimaient rien, rien qu'accumuler en vain) et le vieux M. de Palante, le génie du granulat et du bitume, dont les deux usines flambant neuves transformaient les graviers, un petit homme au teint gris, toujours tiré à quatre épingles, et qui sentait la lavande quand il venait sur le chantier effectuer son inspection quotidienne.

Elle s'était présentée à Bernard au toupet et il l'avait engagée à l'instinct malgré ses baskets trouées ou à cause d'elles, qui sait ? sur un regard, en tout cas c'est ce qu'il lui avait dit plus tard, un soir qu'il la conduisait à la ville. Qu'est-ce qu'il faut savoir ? avait-elle demandé. Rien. Elle avait ri. Rien, vraiment ? Si tu peux apprendre, tu apprendras. Si tu ne peux pas, on le verra vite. Mais tu apprendras. Et puis tu ne vas pas m'emmerder, hein ? Elle avait ri. Moi, vous emmerder ? Je m'emmerde trop moi-même pour faire chier les autres.

Bernard avait des rides bien creusées qui remontaient en étoile vers les tempes, comme un homme qui a beaucoup ri dans une vie antérieure. Il avait beau manœuvrer son fauteuil roulant avec une précision de pilote de formule 1, il y avait quelque chose qui n'allait pas, son épaule gauche qui se soulevait comme si elle voulait sortir, cette puissance à mauvaise hauteur. Il arrivait qu'une vague de colère lui rougisse la peau par plaques, avec ça pas un mot plus haut que l'autre, une voix trop douce posée en équilibre instable sur un gros paquet de malheurs.

Le matin, Roland et Bernard s'isolaient en conclave pour établir les plans de la journée, qui pouvaient toujours être changés sur un mot du vieux Palante, parce que, parce que, parce que. Ils apparaissaient à l'Indienne comme des gamins vieillis jouant avec des pelles mécaniques dans un bac à sable de cinquante hectares, s'amusant sans rire à faire et défaire des pâtés géants avec leurs jouets dont les roues mesuraient pas loin de sa taille.

Elle était troublée, en ouvrant chaque matin les volets de sa petite maison froide (et encore on n'était qu'au milieu de l'automne) de noter les différences d'un jour à l'autre, une déclivité ici, un commencement de mare, et que cette terre toujours semblable fût sans cesse soumise à leur travail, labourée par la petite armée des mastodontes jaunes qui étaient ravitaillés tous les deux jours par le camion de gas-oil et partaient sillonner des pistes qu'ils avaient tracées eux-mêmes avant de les défaire et de les retracer ailleurs.

— Comment ça sera, à la fin ?

— Comme ça, répondit Roland en montrant le premier lac. De la flotte et des petits bateaux pour faire dimanche.

— Et ça prendra longtemps ?

— Plus longtemps que moi, j'espère.

— Traduis-moi…

Roland secoua la tête. Certains des plus âgés passeraient le reste de leur vie adulte sur cette étendue de terre lunaire, brûlante l'été et froide l'hiver, traversée par les vents en toutes saisons car, à quelques encablures du fleuve invisible derrière la haute digue, on vivait au rythme de ses violents courants d'air.

Elle n'en voulait pas aux gars, les premières fois où elle avait conduit son dumper, l'Euclid de trente-cinq tonnes, de s'être alignés, les mains sur les hanches, à la regarder manœuvrer péniblement pour se garer. Il n'y avait pas des masses de distraction dans la région et s'il y en avait eu, après sept heures à se faire secouer les rognons, on n'avait guère que l'idée de rentrer à la maison et de se laisser avaler par la nuit.

Elle n'avait encore aucune familiarité avec eux. Guy-Claude, qui conduisait le chargeur, était un grand type sec au visage parcouru de rigoles qui partaient dans tous les sens. Le samedi il allait faire du vélo avec Roland, mais dans la semaine on aurait cru qu'ils ne se connaissaient pas. René le Belge faisait de la soudure et pouvait aussi conduire n'importe quel engin au pied levé. Il avait bourlingué, n'ayant retenu que des détails insignifiants des endroits où il était passé. Il était docile et facile à froisser, ce dont les autres ne se privaient pas quand ils étaient inoccupés. Yves portait des lunettes de soleil bleues sous lesquelles ses joues mal rasées s'arrondissaient dans un rictus perpétuel qu'elle avait trouvé gentil, la première fois, parce qu'elle était avide de sourires dans ce monde difficile à connaître. À chaque fois qu'elle le croisait, son regard était posé sur elle, ne la lâchait pas, exprimant une sorte d'assurance possessive, tranquillement menaçante, qu'elle aurait dû ignorer.

Il était là depuis deux ou trois ans et Roland ne l'aimait pas. Roland avait consacré sa vie entière au service de l'entreprise *Frères*, et il n'allait pas tant au travail qu'il ne se vouait à une passion exclusive à la hauteur de laquelle personne sur le chantier n'avait la moindre chance de se situer — Yves ni plus ni moins que les autres.

Le matin, c'était Roland qui arrivait le premier. Il avait pris l'habitude de lui apporter du pain frais et de s'asseoir avec elle sur le petit terre-plein devant la ferme où elle avait installé ses seuls achats, deux chaises et une table en plastique vert soldées à la sortie de la ville.

Roland refusait le café qu'elle lui proposait parce qu'il était levé depuis avant cinq heures pour promener son chien et du café, il en avait bu plus que sa dose. Il violait affectueusement sa solitude, lui passant la main dans les cheveux avant de la poser sur son épaule. S'il n'y avait pas eu presque quarante ans entre eux, elle aurait pu croire qu'il la draguait. Il parlait tout seul, lui racontait l'histoire de sa vie qui n'était rien d'autre, ou à peu près, que l'histoire de ses chantiers. Les larmes lui montaient aux yeux facilement et il les essuyait d'un revers de manche, avant de lui demander si le pain était bon, reprends-en, grosse comme tu es.

Roland avait débuté à treize ans comme forgeron et ses épaules en gardaient la forme, ce dont il était fier sans vanité, tu ne devinerais pas comme j'étais rachitique, avant, mais quand tu dois faire des pièces à la masse, je te prie de croire, et puis c'était pas comme maintenant, si tu faisais mal la première fois tu n'appelais pas ton syndicat pour demander une formation complémentaire en macramé, hein, tu t'en prenais une dans la tronche, et forte, pour t'apprendre — et ça t'apprenait, tu ne l'oubliais jamais.

Il avait sur lui un petit carnet où il conservait les dessins d'années de chantier, de petits croquis tracés très précisément et qui racontaient des histoires que lui seul — il insistait : même pas Bernard, hein ! — savait dire, ici les terrains houleux qu'il avait fallu préparer pour des hectares de serres, là des vignes, ici une colline pour dissimuler un pylône et là une digue, elle en avait la tête qui tournait, l'Indienne, la Sauvage, de ces volumes de terre qui avaient été retournés par une toute petite entreprise, et il lui venait des visions à l'échelle de la planète, comme d'un énorme chantier où des machines de plus en plus grosses brassaient des milliards de mètres cubes de terre.

— Qu'est-ce qui lui est arrivé, à Bernard ?

Roland, pour une fois, resta silencieux à se triturer la barbe. Des images lui revenaient en rafales. Il essaya de rire mais l'ironie n'était pas son genre.

— Il est tombé d'un muret.

— Qu'est-ce que tu veux dire ?

— Ni plus ni moins : un muret d'un mètre cinquante de hauteur, chez lui. Sa femme lui avait dit qu'il y avait un nid de guêpes dans l'abricotier juste au-dessus de leur terrasse. Il a voulu y aller voir… Ce muret il était monté dessus des centaines de fois pour cueillir des fruits. Là il est tombé, et puis voilà. Ne me demande pas le numéro de la lombaire qu'il s'est explosée, tout ce que je sais c'est que Martine l'a ramassé dans son sang. Pendant des mois on a tenu la boîte. Lui nous disait qu'il ne voulait pas être le seul paraplégique propriétaire d'une entreprise de terrassement. Et puis on s'était trop amusés ensemble : tu aurais dû nous voir à la grande époque, lui son scrap et moi le mien, c'était mieux que le *Lac des cygnes.* Alors forcément, regarder les autres, qui font toujours moins bien que toi, c'est un peu te regarder mourir…

— Pourquoi il a changé d'avis ?

— Les Grisoni. Ils voulaient le racheter.

— C'est qui, les Grisoni ?

— Père et fils. Une entreprise de la ville. Beaucoup plus gros que nous. Des gars durs en affaire, des gars bien, rien à dire.

— Le prix n'était pas bon ?

— Le prix était très bon.

— Et toi, tu en disais quoi ?

Roland sourit.

— Je lui avais juste dit que s'il vendait, je lui attaquais le haut du corps avec le godet de la pelle. Total-plégique, tu finiras, je lui disais. Et nous voilà… On n'est pas heureux, là ?

Elle rit avec lui. Pour une fois, Roland avait accepté le café.

— Tu crois qu'il me mettra bientôt sur un chargeur ?

— Qu'est-ce que tu es pressée !

— Non, je te demande, juste.

— Le chargeur, c'est Guy-Claude, tu sais bien. Il ne sait faire que ça et il n'a pas envie d'apprendre autre chose.

— Il n'est jamais malade, Guy-Claude ?

Roland compta sur ses doigts :

— Trois jours cette année. Plus que moi en trente ans, mais bon…

— Et qu'est-ce qui se passe quand il est malade ?

— Qu'est-ce que tu veux qui se passe ? Je le remplace… Ou bien René… Et puis zut, l'Indienne, tu ne l'aimes pas, ton dumper ?

— Je l'adore.

Ce jour-là ou un autre, pas loin, Roland lui parla de l'Arabe pour la première fois et il n'approuvait pas, c'étaient comme les Noirs de l'équipe de football, qui bougeaient à peine les lèvres au moment des hymnes, des feignants qui venaient fainéantiser dans un pays déjà feignant et à ce rythme, bientôt, plus personne ne travaillerait. C'est une idée à Bernard, peut-être parce que son frère est curé il croit qu'il doit sauver des gens, mais avec des trucs comme ça c'est lui qui va couler, un Arabe, tu te rends compte ? pourquoi pas un Zoulou ou un Papou ? encore que je ne les connais pas, ces gens, il y en a sûrement des bien, alors que les Arabes on les connaît…

— On les connaît ? interrompit l'Indienne pour la première fois, on les connaît comment ?

— Eh bien on les connaît, c'est tout, on sait qu'un boulot mal fait c'est un boulot d'Arabe, on sait qu'un braquage ou un viol, c'est les Arabes, on sait que les primes elles sont pour les Arabes, on sait qu'un trafic de drogue à la ville dans le sous-sol d'un parking c'est les Arabes, et on sait qu'un avion qui explose dans une tour c'est encore les Arabes, on le sait bien, tout ça, tu le sais bien aussi, pas la peine de faire la tête, on n'a pas besoin de faire le tour de la terre pour savoir qu'ils sont pas comme nous, ces gens-là.

Elle laissa le flot se déverser, le ventre noué, pour à la fin lâcher avec un petit rire gêné, allez, Roland, peut-être qu'il travaille bien, celui-là, et lui se levant, plissant les yeux pour se protéger de la poussière, comme s'il était déjà au volant de la vieille niveleuse, tu peux me croire que ça sera la merde, aussi sûr que je m'appelle Roland.

Plus tard elle pensa à toutes les répliques cinglantes qu'elle aurait pu envoyer, et qui l'auraient fait rire, même, le Roland, d'abord une fille sur le chantier, et ensuite un Arabe, c'est la fin du monde, mais elle n'éprouvait aucune satisfaction.

Quelques jours après sa conversation avec Roland, Bernard la prit à part à la fin de la journée et lui annonça qu'il avait engagé un nouveau, la première demi-journée c'était elle

qui lui montrerait. Palante voulait augmenter la production et Bernard avait dû louer un camion de plus en attendant d'en acheter un nouveau, des machines neuves à deux cent cinquante plaques on pouvait pas se les payer comme le cinéma le samedi soir, il l'aimait bien, Palante, mais là, s'interrompant, se rendant compte que l'Indienne, la Sauvage, le regardait sans mot dire, un peu de poussière grise sur le front et autour de la bouche, son livre de poésies calé sous le bras, attendant qu'il ait fini.
— Lundi, dit Bernard, c'est-à-dire s'il ne pleut pas parce que là, bon, on verra bien. Je compte sur toi ?

Elle hocha la tête sans mot dire, soupçonnant aussi qu'à sa façon, pas celle de Roland, ni celle d'Yves, lui aussi voulait lui plaire. Ce n'était pas désagréable.

En quelques semaines à peine, elle n'avait pas acquis la facilité de Roland mais elle avait passé le cap où la peur de mal faire lui entaillait le ventre. La petite, disait Roland, c'est la seule qui fait l'effort de me mettre le dumper proprement sur le chargeur, bien à l'équerre, pendant que vous autres les vedettes vous vous croyez aux Vingt-Quatre Heures du Mans, c'est n'importe quoi, de toute façon vous savez tout et vous n'écoutez rien.

Ils laissaient dire, si on avait répondu à chaque fois que Roland râlait, on aurait passé des journées à discuter, et au bout on aurait toujours tort, alors ça ne valait pas la peine. N'empêche que le soir, quand elle venait se garer, les gars ne l'attendaient plus spécialement. C'était elle qui les regardait monter dans leurs caisses. Bernard restait quelques minutes avec elle, et puis il partait à son tour. Il avait un mouvement bien rodé pour glisser du fauteuil vers le siège de sa voiture aménagée, puis replier le fauteuil et le placer à côté de lui, comme un passager. Ce n'était pas le genre qu'on aide.

Pour retarder l'heure de se mettre au lit, elle repartait se promener sur le chantier silencieux avec une lampe-torche. Elle se faisait peur toute seule à se raconter des histoires, se parlait à haute voix en se traitant d'idiote et puis rentrait en se soufflant fort sur les doigts parce qu'il faisait déjà un froid d'hiver, prenant garde à ne pas trébucher sur les mottes de terre dure retournées sous les chenilles et les roues des engins 4 × 4. On n'allait pas à pied sur l'île aux Rats.

La ferme n'était pas chauffée et les extrémités de son corps étaient gelées. Avant de s'endormir elle lisait un livre de poésies qui ne la réchauffaient pas, les mots passaient dans ses rêves et lui épargnaient le martèlement des souvenirs dont elle ne voulait plus.

Pendant le trajet en voiture, Bernard demanda à l'Arabe où il logeait et l'Arabe dit qu'il ne savait pas, sans manifester le moindre trouble, si bien que Bernard ne put se retenir de tourner le problème dans sa tête. L'Indienne, la Sauvage occupait déjà la petite ferme et il ne se voyait pas les faire loger ensemble. Puis il l'imagina dormir dans la cabane à l'entrée du chantier, celle où les gars se changeaient, à côté du bloc avec les WC chimiques, et il sut que ça n'allait pas, évidemment. Il pensa à Juste, peut-être parce qu'il l'avait aperçu au marché le dimanche matin, en train de noter une recette sur son petit calepin, et s'était formulé que depuis la mort d'Alice il devait avoir appris à faire la cuisine, remarque banale qui avait provoqué chez lui un malaise profond et nauséeux quand il s'était souvenu qu'il n'était pas allé au cimetière ni à la messe, et n'avait envoyé un mois après qu'un mot convenu, encore une chose simple à dire, n'est-ce pas ? tu sais, Juste, je ne suis jamais entré dans un cimetière et je crois bien que je n'y entrerai que pour ma mort, et encore il faudra qu'on me pousse. Juste aurait ri, peut-être, ou il aurait compris. Dans le silence et le malaise installés entre l'Arabe et lui, tandis qu'ils longeaient la route coincée entre la voie ferrée et les anciens marécages transformés en zone industrielle, la possibilité apparut à Bernard de parler à Juste, de se soulager de ce poids en dissipant le malentendu une fois pour toutes.

Après les présentations, sans une minute d'attention pour les mines interloquées de Guy-Claude, et surtout de Roland, il partit dans un coin avec son portable et appela Juste pour lui parler de ça, résultat il ne parla de rien, de rien du tout, sinon du fait qu'il cherchait une piaule pour un gars et à la fin, tout à la fin, que c'était un Arabe. D'énervement contre lui-même, il lâcha le portable en essayant de le remettre dans sa poche et dut appeler Roland à l'aide pour le ramasser. Puis d'un ton agacé qui ne lui était pas habituel, il leur donna les indications pour la journée : Guy-Claude dans le chargeur à côté de la drague line, Yves, René et l'Indienne dans les dumpers. Roland alternerait entre le scrap et la niveleuse.

— Pour lui, ajouta-t-il sèchement à l'adresse de l'Indienne en désignant l'Arabe du menton, tu le prends avec toi ce matin et cet après-midi tu le lâches. Tu lui passeras l'Euclid et tu prendras le Kockum.

L'Indienne, la Sauvage, avait fait asseoir l'Arabe à côté d'elle, sur son livre de poésies, elle attendait le bon moment pour lui dire que ça la gênait mais le bon moment ne venait pas. Il ne quittait pas des yeux chacun de ses gestes, les mains posées sur les genoux, un brin trop lourd, plus qu'un brin, même, elle l'avait noté alors qu'il peinait à se hisser sur la plate-forme par les quatre barreaux de l'échelle métallique.

Il ne faisait aucun effort pour lui parler et elle n'essayait pas de lui faire la conversation, agacée qu'il la sorte de sa routine — chacun des conducteurs de dumper avait la sienne, Yves la radio, René un magazine de football.

Elle profitait de chaque tour pour mémoriser des vers, son esprit ayant minuté le temps de pause de façon à lever les yeux de son livre exactement au moment où Guy-Claude, ayant déversé ses trois godets de gravier dans la benne, lui faisait un petit signe, rarement prise en défaut (et alors le rappel à l'ordre venait en un petit coup de klaxon), roulant les mots dans sa bouche, les murmurant sans les entendre parce que le grondement du moteur, les vibrations, étaient trop forts, ce bruit vague qui s'endort, c'est la ligne sur le bord, les laissant en suspens pour le tour suivant. Avec l'Arabe assis à côté d'elle, le cul posé sur Victor Hugo, ce n'était pas possible alors elle lui disait juste les mots nécessaires, la boîte automatique, les deux marches arrière, le levier de la benne, le frein, l'accélérateur, le cran, tu le sens, là ? des mots simples, des gestes répétés, et lui qui acquiesçait, se soulevant juste de son siège pour mieux voir comment elle empoignait la manette à sa gauche, une brusquerie qui lui fit peur et elle leva la main comme pour se défendre.

Après quelques tours, comme il ne disait toujours rien, elle finit par lui donner un petit coup de coude :

— Si tu pouvais me passer le livre sur lequel tu es assis, ça serait gentil.

— Quoi ?

— Le bouquin, mon gars… sous tes fesses…

D'un geste hésitant il lui passa le livre après un coup d'œil inquiet à la couverture. À chaque attente elle s'efforçait de lire, ce bruit vague qui s'endort, c'est la vague qui s'endort, les mots se brouillaient dans sa tête et elle se demandait pourquoi elle l'avait appelé mon gars, relisant inlassablement la même strophe, ne renonçant pas, se demandant pourquoi il la regardait lire avec la même intensité qu'il mettait à la voir lever la benne à la verticale, laissant doucement filer le camion vers l'avant en restant au point mort.

Elle lui offrit à boire et il posa la main sur le cœur, la tête penchée pour dire que non sans prononcer le mot, un geste qui n'appartenait pas à son langage à elle. Elle avait voyagé par bien des terres, pensa-t-elle, mais pas chez les Arabes, leurs pays n'étaient pas pour des filles seules, on y devait traverser des forêts de regards lourds et pour un joli mot de gazelle, combien de silences épais, d'insultes sifflées entre les dents, de fantasmes de viol. Ou bien est-ce qu'elle exagérait ? Et lui, est-ce qu'il était comme ça ? Il y avait quelque chose de paisible dans sa distance, quelque chose d'assuré, comme s'il traçait son territoire et s'y tenait ; on ne pouvait pas dire non plus qu'il était hostile. Le matin même, en arrivant, avant de saluer les autres il avait pris le soin de sortir son vélo du coffre de Bernard, de remonter la roue avant, d'accrocher le câble du frein et d'aller le garer contre la cabane de chantier.

À chaque fois qu'ils croisaient Yves dans son dumper, l'autre lui jetait un drôle de coup d'œil derrière ses lunettes bleues, comme si elle y était pour quelque chose, qu'on lui ait collé cet Arabe qui ne lui avait pas tendu la main et n'avait même pas dit son nom, un Arabe, voilà, extrait de la masse de ces types qu'on voit dans les villes. Elle sentait, agacée, qu'elle était nerveuse et voulait trop bien faire, exhorter sa jeune habileté, se rendant compte, en même temps, que ses gestes étaient encore mal assurés, qu'un rien pouvait les dérégler. Une fois elle s'approcha à vingt centimètres du bord du lac et dut bloquer les roues juste avant de déraper, une autre Guy-Claude dut aller la chercher avec le godet, elle s'était mise en travers du tas, presque derrière, et il lui fit un petit signe de la main, pan pan. L'Arabe ne pipait mot mais elle était sûre qu'il ne ratait rien, se demandait pourquoi une femme faisait un travail d'homme, voilà bien le genre de remarques qui me rendent dingue, c'est encore pire s'il ne dit rien parce que je sais ce que tu penses, mon gars, je le sais.

À midi, à la pause, elle était dans un état de nerfs terrible et ça n'arrangea rien qu'Yves, arrivant juste avant elle, l'attende à sa descente du dumper et fasse mine de lui tendre le bras pour l'aider à descendre. Elle le repoussa furieusement et entendit sa voix qui nasillait :

— Cool, l'Indienne.

Elle partit se changer à la ferme sans plus s'occuper des autres pour aller courir le long du fleuve, comme elle faisait de temps en temps. La digue avait été refaite récemment, les arbres arrachés, et on voyait encore des branches tombées qui s'accrochaient aux berges comme le reste d'armes abandonnées dans une déroute. Le fleuve était haut et boueux. Il n'y avait pas un brin de vent, les drapeaux de la nation Palante étaient en berne et, de l'autre côté du fleuve, les deux boîtes de la centrale nucléaire étaient fermées sur leurs secrets.

Elle courut sans vraiment se détendre, trop droite et trop raide, et revint au bout d'une demi-heure à peine, avec un mal aux jambes qui n'avait ni rime ni raison. Avec les deux heures de pause, les autres étaient partis chez eux, comme d'hab', chacun dans son coin, et il ne restait que l'Arabe assis sur sa terrasse.

— C'est chez moi, ici, c'est ici que j'habite.

Elle montra la petite ferme derrière et le regard de l'Arabe suivit sa main aux ongles rongés.

— Ah, c'est bien.

— Et toi, tu habites où ?

— Je ne sais pas.

— Comment ça, tu ne sais pas ? Tu ne sais pas où tu crèches ce soir ?

— Je suis arrivé ce matin.

— Je ne te demande pas quand tu es arrivé, mon p'tit gars, je te demande où tu dors, et tu ne sais pas ?

— Non, je ne sais pas. Je crois que monsieur Bernard a appelé pour moi, mais il m'a rien dit.

— Tu as mangé ?
— Non.

Elle disparut à l'intérieur et lui tailla un morceau de fromage avec du pain qu'elle frotta de tomate et d'huile d'olive. Qu'est-ce qu'il y avait d'autre dans son frigo ? le saucisson, la bière, que des produits interdits aux Arabes, hein, que des trucs auxquels ils touchent pas, comme les femmes, sauf quand ils les violent, c'est-à-dire, arrête avec ça, tu m'énerves.

Elle lui tendit le pain enveloppé dans une serviette en papier et il dit merci tout bas, si bien qu'elle n'était pas sûre. Le ciel noircissait peu à peu, il n'y avait toujours pas de vent, si la pluie venait, Roland lâcherait le scrap devenu impossible à conduire et avec un peu de chance on finirait plus tôt, elle serait débarrassée de cette saloperie de journée.

Quand elle ouvrit les yeux il n'était plus là. Elle finit par le voir grimper au volant de l'Euclid, démarrer et s'engager sur la piste. Elle faillit se lever pour l'arrêter puis décida de ne pas bouger, après tout elle n'était pas sa mère, et s'il voulait finir sa première journée planté dans un tas ou — mieux — à faire des bulles dans le lac, c'était son problème à lui et pas le sien.

Elle entra faire du café et lire son bouquin, c'est la plainte presque éteinte, d'une sainte pour un mort, et ne ressortit qu'à deux heures. L'Arabe continuait à faire des tours, levant sa benne vide quand il atteignait le tas du matin, manœuvrant près du lac pour aller se ranger en marche arrière à l'aplomb de l'endroit approximatif où le chargeur devait se trouver. Dix mètres plus loin le conducteur de la drague line avait repris plus tôt et plongeait son godet dans l'eau pour alimenter le tas. C'était un feignant qui ne creusait pas le fond jusqu'à l'argile et Bernard s'en était plaint, rien à faire, c'est avec des feignants comme ça qu'on perdait des millions, mais tant que le père Palante ne s'en mêlerait pas il ne se passerait rien.

Les autres étaient revenus et, tout en grimpant dans leurs engins, observaient sans mot dire l'Arabe se dépatouiller. Roland ronchonnait, il va te casser quelque chose, ton Arabe, et Bernard garda le silence, pensant que s'il ne cassait rien, le type ne s'en sortait pas si mal, pour quelqu'un qui n'avait jamais manœuvré du jaune dans sa vie et n'avait même pas le permis de conduire.

La pluie menaça sans tomber tout l'après-midi. L'Arabe était toujours sur l'Euclid et l'Indienne le gardait à l'œil depuis le Kockum avec une tranquillité qu'elle n'avait pas eue le matin. Il faisait tout assez lentement, et Yves, qui conduisait le troisième dumper, s'amusa une fois ou deux à le serrer, voire à lui faire la course. C'était idiot et dangereux. L'Indienne, la Sauvage, le lui gueula en le croisant, le traitant de pauvre con.

À cinq heures moins dix il se mit à pleuvoir et Roland, qui avait lâché le scrap pour la niveleuse depuis une heure, la gara et revint avec sa voiture. Il s'arrêta près du tas le plus proche de la trémie, à la perpendiculaire du tapis qui venait de cesser de tourner, et descendit pour aller pisser. Trois minutes plus tard, alors qu'il effectuait sa dernière manœuvre de la journée, déchargeant ses trente-cinq tonnes de sable et de gravier, l'Arabe coupa sa voiture en deux et Roland, qui avait à peine fini de remonter sa braguette, courut vers le dumper avec l'intention ferme de le tuer.

Le poulailler était de l'autre côté de la petite place des Hommes, le long du chemin qui montait aux oliviers de Juste, ceux qu'il allait tailler avec son voisin, le vieil Augustin, parce que dans le temps c'était son père qui lui avait montré. Juste ne croyait qu'aux hommes dont on a connu le père, et de préférence le grand-père. Le père d'Augustin était mort à moitié dément et maintenant son propre fils, dépositaire d'un savoir qui n'intéressait plus personne, était presque aveugle, mangé par des crabes ici ou là, et bégayant, et bavant un mot sur deux, misère au milieu de toutes les misères de la vie, la pire étant pour Juste que personne n'en eût rien à foutre, personne ou presque, ni ses enfants partis ni sa nièce, n'ayant pas même la ressource d'aller crever au fond du vallon des Roches, où les vieux étaient groupés sans sortir sinon pour disparaître sous la terre, les uns de leur belle mort (si l'on pouvait dire), les autres dans un dernier moment de lucidité désespérée, de conscience de leur solitude, la tête enterrée sous un gros rocher, à l'ombre pour toujours. Juste tenait la grosse main rigide et calcinée et froide d'Augustin, j'ai un problème avec les oliviers, et l'autre, qu'est-ce que tu veux que j'y fasse ? et Juste insistait avec réticence, comme si ça l'embêtait de lui demander ce service mais qu'il ne puisse pas faire autrement, il s'est passé ci et il s'est passé ça, attends, je vais te montrer. Et ainsi, cahin-caha, il le descendait jusqu'à la petite place des Hommes et le remontait le long du chemin, baissant la tête sous la grosse branche du figuier qui l'avait assommé plus d'une fois et qu'il ne se résignait pas à couper, se racontant des histoires de l'ancien temps parce qu'il n'y avait rien que Juste aimât mieux. Sans exagérer, les oliviers étaient les plus beaux du village, et peut-être de la vallée, non seulement parce qu'ils étaient anciens — Juste les avait commencés l'année d'après le grand gel — mais aussi parce que, de taille en taille, leurs feuillages redescendant en vasques donnaient à chacun l'allure d'une cathédrale sous laquelle il fallait s'agenouiller pour pénétrer et prier une espèce de dieu. Juste laissait le vieux récupérer, lui glissait entre les mains un casse-croûte et une gourde de vin rouge. Ils se mettaient ensuite au travail, c'est-à-dire qu'il lui décrivait les arbres, les lui faisait toucher, lui mettant entre les mains la feuille qui avait tourné jaune un peu vite et se racornissait, indiquant la maladie. Ils étaient heureux car à cet endroit la lumière était plus vive et même le vieil aveugle s'en régalait les paupières lasses, on était au-dessus de l'ancienne carrière, et au-dessus des anciens abris et cabanes que la nécessité et l'ingéniosité des hommes, ou leur manque d'imagination, avaient transformés en maisons. Juste apercevait les monts et c'était comme la promesse d'un monde ouvert au lieu qu'en bas, pour tout dire, on aurait aussi bien pu vivre dans un cimetière.

Le poulailler était à l'abandon depuis si longtemps qu'on en aurait oublié les jours pas si lointains où ç'avait été un vrai poulailler avec de vraies poules et un vrai coq, que M. Gimbert Aîné, qui n'aimait pas être réveillé tôt car il venait au village pour récupérer des fatigues de la ville et de son cabinet, avait publiquement menacé d'étrangler de ses mains car il ne chantait pas seulement à l'aube (passe encore), selon la loi des coqs, mais à toute heure de la nuit, un cri stupide et répété qui déclenchait chez le vieil assureur une angoisse incontrôlable. Gimbert et le coq étaient morts il y a beau, et avec sa clôture qui rouillait et son figuier sauvage qui pleurait, le poulailler avait un air de vieille misère.

Quand on y vit l'Arabe, le soir, on ne sut pas trop quoi dire, comment il était entré là-dedans et qu'est-ce qu'il y bricolait ? Juste, d'un mot, aurait calmé tout le monde, quoique après la cave, le poulailler ça commence à faire beaucoup, même si tout ça n'avait pas de bon sens.

La vérité vraie, c'est que l'Arabe était venu le voir et lui avait demandé si ça le dérangeait qu'il fasse pousser quelques salades dans le poulailler, et aussi s'il pouvait aller chercher un peu de terre, là-haut, vers les oliviers, et encore s'il pouvait emprunter quelques outils le temps de. Jamais il n'avait dit tant de mots à la suite et, peut-être surpris, Juste avait acquiescé, au nom de quoi il aurait refusé, hein ? Il s'apprêtait à aboyer contre le premier qui le critiquerait à sa face, en étant contrarié tout de même parce que l'Arabe il faisait un peu comme chez lui alors que s'il y avait une chose certaine, absolument certaine, c'est qu'il n'y était pas, chez lui, et n'y serait jamais.

Provisoire, provisoire, avait dit Bernard. Ça durait combien de temps, le provisoire ? Juste commençait à se le demander.

L'Arabe ne se posait pas toutes ces questions : il débroussaillait, il dégageait des pierres, il arrachait des herbes et des souches, il brûlait des petits tas, il ramenait de la terre avec une vieille brouette, et piochait, et pelletait, le soir, après le travail, dans sa tenue d'ouvrier, en chantonnant des trucs qu'on ne comprenait pas.

Au bout de quelques jours, Juste le vit rappliquer en traînant sa vilaine patte, tenant entre les bras un paquet enveloppé dans des chiffons, de la taille d'un bébé, en plus lourd.

— Qu'est-ce qu'il y a ?

— J'ai trouvé ça.

L'Arabe déposa le ballot devant lui.

— Qu'est-ce que j'en ai à faire, de tes vieux chiffons ? Tu n'as qu'à les brûler, comme le reste.

L'Arabe s'était agenouillé et défaisait les chiffons avec des gestes timides, comme s'il avait ramené un paquet de pièces d'or.

— C'est pas des chiffons. C'est une pierre. Je me suis dit… Voilà…

— Une pierre ! Ça manque pas, les pierres, par ici.

— Il y avait un truc écrit dessus. Je me suis dit…

— Tu t'es dit ?

Déjà, Juste s'était baissé pour y jeter un œil, à sa pierre.

— Donne-la-moi.

La brutalité du revirement et l'absence d'explications firent hésiter l'Arabe un instant. Juste ne disait plus rien, alors il repartit en claudiquant.

Juste emporta la pierre chez lui. Deux ou trois fois il dut s'arrêter parce qu'elle était lourde et coupante, comme arrachée du mur à la masse.

Il se servit à boire et déplia à nouveau les chiffons. Il lut ce qu'il avait déjà lu, qui était inscrit en grosses lettres tracées sans souci d'art, avec urgence : ADRIEN, AOÛT 14, PARTI. Le dernier signe était une barre qui pouvait être un point d'exclamation. Parti ! Parti à la guerre, oui, son père, et revenu en vie, ce qu'on pouvait en dire de mieux, car il n'aimait pas en parler.

Et c'était l'Arabe qui lui avait offert ça.

Mamine ne cessait de l'épier avec une obsession rageuse. Elle le voyait passer courbé le soir, poussant la brouette qui émettait un léger grincement, rien, assez pour se dire que c'était bien d'un Arabe de ne pas s'arrêter pour y mettre de l'huile.

Elle aurait voulu en parler à quelqu'un, de cette histoire, mais à qui ? José ? Que sa nièce ait envie de coucher avec un Arabe, ç'aurait été comme de lui dire que son fils était une tarlouze, même qu'il avait failli lui arracher le lobe quand, à quatorze ans, il s'était accroché un truc à l'oreille, comme si, non mais. Et puis c'était peut-être des idées qu'elle se faisait, à voir les jours passer et sa fille appétissante, au casque de cheveux blond-roux d'une couleur d'ailleurs, rester seule avec Trevor.

Pour en revenir au poulailler, c'était quand même bizarre de voir l'Arabe qui n'était pas là depuis quinze jours faire le paysan comme s'il allait prendre souche, qu'est-ce qu'il voulait planter, quand le printemps serait venu ? Un jour que l'Arabe était au travail, Mamine traversa la place et entreprit l'escalade du chemin. Elle était lourde, lente, et la douceur d'automne lui pesa dès les premiers pas à la manière de la brûlure de l'été, quand il était impossible de rien faire sauf de rester à l'ombre du figuier, dans sa cour. La sueur lui ruisselait par tout le corps et le cœur lui battait de l'extrême danger des aventures minuscules.

Les broussailles étaient parties, et les pierres, et l'atmosphère de désolation. Il avait préparé des tuteurs, pour les tomates sans doute, et les sillons où pousseraient les salades, et les herbes, peut-être même les fraises et les framboises. Il n'y avait rien encore que les tuteurs et cette terre dure bien retournée d'où il avait enlevé les cailloux, au robinet un tuyau d'arrosage vert fluo prêt à faire jaillir de la terre un jardin entier. Et Mamine, sa sueur devenue froide et aigre d'un coup, se sentit envahie d'une joie trouble, d'une tristesse incompréhensible — et c'était comme si toute la suite, toute l'abominable suite, avait vraiment commencé ce jour-là, dans le tumulte de son cœur, tandis qu'elle admirait la terre bien retournée du jardin de l'Arabe.

De s'être vu couper la voiture en deux, et par un Arabe en plus, Roland ça l'avait perturbé si fort que le samedi d'après, pour la première fois depuis des années, Guy-Claude l'avait attendu en vain près du lavoir pour leur sortie à vélo. Roland était resté à se promener avec son chien dans des coins de pinède où il savait qu'il ne serait pas dérangé. La colère réveillait en lui un sentiment d'abandon qui lui mettait les larmes aux yeux et ne lui laissait que le goût amer d'être seul et, seul, de parler aux ombres qui l'accompagnaient depuis toujours, jusqu'à ce que la douleur recule et, à défaut de disparaître, le laisse en paix.

Il lui avait fallu plusieurs jours pour admettre que d'accord l'Arabe n'avait pas été malin mais lui non plus, garer sa voiture là pour aller pisser, cinq minutes avant la fin, et lui qui gueulait toujours sur les jeunes avec la sécurité, voilà qu'il s'était fait prendre comme un bleu, et la braguette ouverte en plus, je te jure.

Bernard lui avait racheté la voiture sans discuter, une occasion mieux que la sienne, et puis de-ci, de-là, il lui avait dit ce qu'il fallait pour le calmer, sur les chiens, les lapins, les chats qu'ils avaient écrasés, sans compter la fois où la pelle s'était effondrée dans un lac et — surtout — le scrap qui avait défoncé le salon de coiffure, tu te souviens ? c'était Machin qui conduisait, putain j'ai oublié son nom, on l'appelait Samson à cause qu'il avait les cheveux longs et quand il déconnait j'y disais Samson t'es con et il faisait ha ha ha, il aimait que le scrap, le scrap et la soudure, avait dit Bernard, c'est même comme soudeur qu'on l'avait engagé, on aurait peut-être mieux fait de le garder soudeur, parce que le salon de coiffure, ça m'a coûté, ça m'a coûté…

Roland entrait rarement chez Bernard, un reste de timidité adolescente, et ils buvaient dehors, dans le froid humide, un verre de vin rouge, tandis qu'à l'intérieur Martine finissait de ranger. Haute comme trois pommes elle était, et la plus belle des femmes, qui pouvait lui dire en le toisant dans son fauteuil, maintenant tu es presque aussi grand que moi, et le faire sourire, même si ça n'avait pas été drôle au début de supporter que ces mains qui l'avaient caressé le massent le crèment le torchent.

Quelques grenouilles chantaient dans la rizière et l'ombre ruinée de l'abbaye était traversée par des masses de nuages. Bernard pensait aux tombes des moines, creusées à même le rocher, ces tombes qu'il avait vues si petites la première fois, accroché à la main de son père, et qui maintenant étaient à sa taille.

— Tu dors ? demanda Roland.

— Non, je fais des mauvais rêves.

— Alors c'est comme si tu dormais. Réveille-toi.

— Ne t'inquiète pas.

— Je ne suis pas inquiet, comme disait l'autre, je suis mort d'inquiétude.

Roland but d'un coup la moitié de son verre.

— Ce qui me fait peur, dit-il finalement, c'est que j'aurais vraiment pu le tuer, ce con d'Arabe.

— Tu ne l'as pas tué, tu ne l'as pas égratigné, tu ne l'as même pas touché.

— Parce que tu m'en as empêché.

— Je ne t'ai empêché de rien. J'ai juste dit « Roland ».

— Quand même, j'aurais pu… Putain de moine, j'avais la barre à mine dans le coffre…

— Tu aurais, tu aurais, et si ma tante en avait…

— Tu en as pas, de tante.

Silence, grenouilles. Voix de Martine dans le fond : « Quelqu'un a soif ? », Roland fait signe que non et Bernard doit s'y reprendre à deux fois pour lui crier que non, ça va.

Ils parlaient, enveloppés dans leur veste, avec le seul vin rouge pour les réchauffer, et comme seule lumière le carré jaune de la cuisine derrière eux et cette lanterne trop faible que Bernard avait installée dehors, au temps où, exprès pour qu'on ne puisse rien y faire de nuit, ni jouer aux cartes ni lire, juste blaguer dans le noir en buvant du vin rouge. Ils virent une ou deux lucioles tomber du ciel, et sur leurs joues coulèrent des larmes fraîches. On n'était pas en décembre et il neigeait ; cela les guérit de chercher le dernier mot. « Quand même, dit finalement Roland quand Martine fut venue les chercher pour leur éviter d'attraper la mort, tu ne m'ôteras pas de l'idée qu'on n'en serait pas là sans cet Arabe que tu nous as engagé. »

Et le pire, pensait Bernard tandis que Martine l'aidait à enfiler son pyjama, est que c'était peut-être vrai.

— Ma grand-mère elle disait toujours en me filant une mandale qu'il fallait avoir une bonne éducation, que dans la vie c'était le seul bagage. Une fois qu'elle avait dit ça, elle savait pas trop quoi faire non plus.

— Tu en as eu une belle, d'éducation.

Après avoir couru vingt minutes, ce qui était le maximum que l'Arabe pouvait tenir, ils s'étaient assis dans une courbe en contrebas du remblai du fleuve. Dans la matinée, les quelques flocons de neige tombés la veille avaient fondu et la terre était molle et grasse, étrangement chaude. L'Indienne était en short parce qu'elle était réchauffée de nature, et lui dans sa tenue de chantier, avec ses baskets boueuses qui paraissaient bien défoncées. Elle les montra du doigt :

— Tu devrais les changer. Tu as les sous, maintenant.

— Elles en peuvent encore.

— C'est pas bon, de courir avec des mauvaises pompes. Tu peux te faire mal.

— Oui.

— Oui c'est ça ta gueule tu m'emmerdes cause toujours tu m'intéresses ?

— Oui j'en achèterai.

— Tu souris des fois, mon gars ?

— T'es drôle, je t'assure.

D'une façon ou d'une autre, elle était soulagée qu'ils soient dissimulés aux regards. Elle n'aurait pas su dire pourquoi, peut-être à cause de cette intimité qui leur appartenait en plein vent, ou bien c'était de n'avoir pas à faire face à la sale tronche d'Yves, à la moue de Roland, au silence de Bernard — tout ça à la fois.

Elle regarda sa montre : il était temps de rentrer. Ils marchaient dans le vent contraire et, en trébuchant sur un caillou, elle lui attrapa le bras. Il fit un saut en arrière.

— Qu'est-ce que tu as ? Je ne t'ai pas mordu.

— Excuse-moi.

— J'ai failli tomber, c'est tout.

— Excuse-moi, je te dis.

Dans le lointain, elle vit une des voitures et une silhouette qui en descendait. Leurs gros 4 × 4 ne se distinguaient, à ses yeux indifférents, que par des détails qu'elle n'avait pas notés. La peur lui gratta le ventre à nouveau. Elle pressa le pas.

— Je vais me changer. Tu veux prendre une douche ?

— Ce soir.

— Faut se laver quand on est sale, elle disait, ma grand-mère.

— Elle en disait, des choses, ta grand-mère.

— Arrête de me faire chier, mon gars.

Il ne s'arrêta pas de marcher, mais elle le sentit se raidir à ses côtés. Elle était trop en colère pour parler. Elle serra les dents.

La silhouette s'avançait vers eux à longs pas nonchalants. Elle vit les lunettes de soleil à verres bleus réfléchissants. Yves se planta devant eux.

— Alors on se promène, les amoureux ?

— Ta gueule, connard.

L'Arabe ne bougeait pas, elle avait tout le poids de sa présence à son côté, la masse molle et mystérieuse de ses sentiments, de son histoire inconnue. Elle eut un élan vers lui — voyant en un éclair que leurs silences les rapprochaient sans peut-être leur donner le moyen de se trouver. Toutes ses émotions de l'heure se roulèrent en une boule de désir aigu : qu'il se batte, qu'il casse la gueule à cet enfoiré.

— J'avais un prof à l'école, reprit Yves de sa voix égale, traînante, qui disait « Sois poli si t'es pas joli ».

— Et moi je t'ai dit de fermer ta gueule, connard.

Elle leva la main mais Yves se contenta d'enlever ses lunettes et de les dévisager tour à tour. Ses grosses joues où émergeaient quelques poils de barbe étaient replètes d'une répugnante satisfaction d'être qui il était. Du coin de l'œil, elle attrapa la ligne de fuite du visage de l'Arabe.

— Je viens vous dire bonjour gentiment, et toi tu m'agresses.

— On s'est déjà dit bonjour ce matin. On a pas besoin de se dire bonjour dix fois par jour.

— T'as pas entendu ce qu'ils disent à la télé ? Il faut de la convivi — il trébucha sur le mot avec un excès qu'il voulait comique et qui n'était que faux — convivi, convivialité dans l'entreprise moderne. Remarque, vous m'avez l'air d'avoir commencé.

Elle ne savait pas se battre et elle se jeta sur lui griffes en avant, essayant d'attraper quelque chose au hasard, un endroit mou qui pourrait lui faire mal. Elle ne réussit qu'à tomber, à bouffer de la boue séchée et des cailloux. En redressant la tête, elle vit une main qui lui parut énorme ; elle lui cracha dessus.

— Elle est pas cool, ta copine, dit Yves à l'Arabe.

Elle s'était remise debout et, dans son humiliation, n'avait plus peur de les dévisager l'un et l'autre. Dans le flou du début de larmes qu'elle retenait, elle vit Roland approcher.

— Il y a un problème ? demanda-t-il en regardant l'Arabe.

— Pas de problème, dit-elle. Je suis tombée.

— Et moi je l'ai aidée à se relever, nasilla Yves. Tu me connais, Roland, toujours galant.

— Je te connais, dit Roland.

Ses yeux ne quittaient pas l'Arabe et il se tâtait la barbe. Son T-shirt montrait qu'à soixante ans passés il était sec et dur comme un bloc de fonte.

— Et toi, demanda-t-il à l'Arabe, toi tu n'as rien à voir là-dedans, bien sûr ?

L'Arabe ne répondit pas et se dirigea à son rythme vers l'Euclid.

En fermant les yeux, Mamine l'imaginait osseux et tremblant, avec son kiki en biseau, rampant dans un marais au milieu des sangsues, à la recherche de quelques racines pour se nourrir. Il était d'une faiblesse extrême mais, si diminué fût-il, décharné, affamé, misérable, il n'en portait pas moins ce germe à la vigueur extrême, de ceux qui viennent avec les marchandises d'Orient sur les bateaux du Sud et, invisibles au milieu des sacs d'épices et des balles de coton, engendrent des rats énormes et intraitables, porteurs de maladies qui purulent et dévastent et mutent. Elle le savait bien, elle, que tout dans la vie était signe, que le funeste n'apparaissait jamais sans raison, que le mal naissait au cœur des hommes avant de ravager leurs terres et leurs maisons. Elle voyait des virus partout et, un temps, ne s'était pas promenée sans une provision de petits tubes *made in US* — une goutte pour se désinfecter après avoir touché toute main et tout objet.

La nuit, elle s'imprégnait de sa nature divine,

s'affligeait de sa propre clairvoyance et luttait contre les démons qui l'assaillaient, jaloux de ses pouvoirs. Pour la première fois, seule au monde, elle avait compris la simplicité de l'apparition du diable, et les enjeux de la lutte éternelle qui se livrait tout là-haut. Pour elle, le lieu de l'affrontement suprême — elle en aurait ri tellement c'était évident — était face à la porte de la cave de Juste. Troublée par l'insistance de José, elle s'était livrée à une enquête intérieure pour remonter au moment de son intuition d'origine. Oui, c'était face à cette porte, avant l'apparition de l'Arabe, avant la confession honteuse de Juste, que son corps avait été habité, qu'elle s'était trouvée enceinte de la présence, faite de cette matière glaise, de ces débris de squelettes qui traînent dans tous nos calcaires. Cette chose tapie dans la nuit, cette menace radicale, cette terreur sans limites, en langage commun cela s'appelait un Arabe — il avait été craché depuis les profondeurs du sol, cadavre ayant choisi la cave du fossoyeur pour renaître et proliférer. Encore tremblante, mais pas peu fière, Mamine s'interrogeait sur l'honneur qui lui était fait d'être, entre tous au village, celle qui avait su. Ailleurs on l'eût traitée d'emblée en conformité avec son rang. Ici, son tour viendrait.

À observer l'Arabe à la dérobée, elle en vint à connaître chaque détail de ses traits avec la précision dictée par une conscience désespérée de son devoir. De son long séjour sous terre il avait gardé cette pâleur indéfinissable, seule comparable à celle des prisonniers condamnés à de longues peines, pour d'affreux délits. Les ailes de son nez étaient épatées et ses yeux noirs enfoncés brillaient ; ses trois poils au menton mis à part, il avait une peau de lait, une peau de fille. Il y avait de la fermeté dans sa façon de remplir ses vêtements.

Il passa vite, le temps où le trou percé dans la pierre par David lui réchauffait l'âme, car l'inquiétude est radicale quand le mal est là. À chaque instant d'éveil, elle épiait les bruits qui pouvaient provenir de la cave et elle ne manquait aucune de ses allées et venues, écoutant non pas comme on écoute un homme, son voisin, mais comme on suit les évolutions d'un insecte. Elle accepta un autre aspect de son destin, et c'était de devenir elle-même une espèce de scarabée, de se faire une cuirasse et des antennes afin de ne pas le perdre. Elle était dotée d'un sens lui permettant de l'entendre quand il craquait une allumette, faisait couler un filet d'eau, glisser une pierre sur le sol ; et de ce sens elle fit une connaissance effrayante, car cet être ne dormait pas et quand, par hasard, elle s'assoupissait, ce n'était pas les battements de son cœur qui la réveillaient mais quelque manifestation démoniaque de l'Arabe, quelque préparation sabbatique dont les tenants et les aboutissants exacts lui étaient encore dissimulés, à la fin tout serait révélé, oh là là, et alors là on verrait.

Celle qu'elle devait surveiller aussi, c'était Noémie. Sa fille s'était refermée sur un secret dont elle ne voulait rien dire, malgré ses menaces et ses cajoleries, et cela avait à voir, nécessairement, avec l'Arabe. Elle les avait surpris, on ne peut pas dire à parler, debout l'un devant l'autre au milieu de la place, comme en conversation sauf qu'ils étaient silencieux. Est-ce qu'il l'avait hypnotisée ? La pensée lui vint que, dans ce combat héroïque, l'adversaire aussi avait des forces, il avait partie liée avec l'occulte, et elle pouvait être défaite. Le regard vague de Noémie disait cela, et elle l'attrapa par le bras tandis que lui, avec un salut, remontait vers le poulailler.

— Qu'est-ce que tu faisais ? siffla-t-elle entre les dents, le cœur battant d'une haine atroce, déchirante, et souffrant comme elle pensait ne pas pouvoir souffrir.

— Je ne faisais rien.

— Tu lui parlais.

— Non, je ne lui parlais pas.

— Qu'est-ce que tu faisais avec lui ?

— Je ne faisais rien avec lui. Je l'ai croisé au milieu de la place et j'ai cru qu'il me demandait quelque chose, alors je me suis arrêtée. Et là-dessus tu arrives et tu m'arraches le bras. Où est-ce qu'il est, Trevor ?

Mamine montra sa petite cour où le gamin s'était occupé une heure, après l'école, à faire un holocauste de fourmis.

— Il s'occupe.

Sans plus parler, Noémie alla vers son fils et le serra dans ses bras. Le gamin grogna et se laissa faire.

— Tu viendras ce soir ? demanda Mamine avec une nuance de supplication dans la voix qui lui échappa.

— Non, je ne crois pas. Je suis crevée. Elles m'ont rendue chèvre, ces carnes. Elles avaient trop chaud et puis après elles avaient trop froid. Leurs problèmes me soûlent. Elles me font chier que c'est pas possible. Je vais me reposer.

— Ce sera comme tu voudras. Quand ça tournera mal, tu ne viendras pas chouiner que je ne t'ai pas prévenue.

— De quoi tu me parles, là ?

— De rien.

Ayant repris l'avantage, du moins en apparence, Mamine disparut superbement chez elle, pour aller verser de gros sanglots terreux, avec des hoquets aux relents acides où elle parlait à Dieu sait qui, le Seigneur lui-même, Noémie, Juste, David, leur disant qu'elle souffrait par leur faute et pour eux, que plus tard ils comprendraient et qu'elle leur pardonnait déjà.

Elle essaya bien, en passant, de parler à Juste des bruits de la cave, qu'il faisait couler beaucoup d'eau et avec ça ni plus ni moins propre qu'un autre, un Arabe, quoi, mais il ne voulait rien entendre de ce qu'elle aurait eu à dire sur la menace — quitte à le regretter par la suite, quand ce serait devenu trop facile et là, bernique ta chique, elle lui dirait comme aux autres d'aller se faire cuire un œuf chez les Grecs, avec leurs condoléances hypocrites, merde.

Le seul moment où elle se relâchait un peu, c'était quand il partait au travail, mais les journées passaient vite et, en moins de temps qu'il n'en fallait pour le dire, elle était déjà à le guetter quand les ombres du crépuscule s'abattaient dans le fond de la carrière et qu'il revenait, le dos courbé, se changeait pour aller au poulailler et biner, en perspective de futurs édens où des jeunes filles roulées comme des Cadillac jailliraient nues au milieu des fontaines de perles, se répandant dans toute la vallée avec leurs maladies vénériennes, par exemple, au hasard.

Elle ne lui avait toujours pas dit bonjour une seule fois et lui, s'il avait dit quelque chose, elle ne l'avait pas entendu, sans doute par une intuition qu'au milieu de l'aveuglement général quelqu'un, au moins, avait commencé la lutte. Elle regardait la télé avec une attention extrême, une concentration de tous les moments, car si l'on savait bien voir, il n'était question que d'eux, aux informations, dans les émissions, dans les films, on sentait le plan à l'œuvre, partout dans le monde, et il était à souhaiter de la façon la plus pressante qu'ici et là des Mamine comme elle — les bonnes choses du monde, c'étaient toujours des femmes qui les avaient faites, comme Jeanne d'Arc, et pas les hommes qui n'étaient que de la lâcheté racailleuse, du bruitage sans couilles, des poches d'air gonflées qui faisaient plop quand on plantait une épingle — entreraient en résistance et peut-être un jour se réuniraient et brandiraient l'étendard du plus beau des biens, nous voulons parler de la liberté. En attendant ce jour, il fallait enregistrer les faits : dans l'indifférence des gouvernements et de la police, ces Arabes transformaient leurs appartements et leurs maisons en fabriques d'explosifs, de confection d'anthrax, de lettres piégées, de produits chimiques dangereux et de tracts appelant à l'extinction de la race blanche. Même en écoutant la radio, il lui arrivait de passer sur des fréquences qui diffusaient, la nuit, des mélopées chantant la haine de l'Occident. Tout partait en morceaux, dans ce putain de monde, il n'y avait plus de volonté, plus de respect, plus rien.

Il lui arrivait de rater l'Arabe. C'était fou, un instant d'inattention et voilà qu'il était reparti, ou revenu, et elle n'avait rien remarqué. Dans un film policier, elle aurait beau s'entraîner à retenir les indices et à les apprendre par cœur, à les répéter dans un sens ou dans l'autre, l'enquête lui serait retirée impitoyablement par un chef corrompu, et elle devrait tout faire clandestinement, fugitive sur sa propre terre, jusqu'à ce que la vérité éclate en fanfare. Et puis cela aussi était un signe : qu'est-ce que c'était que ce type qui se permettait de lui échapper, et qu'est-ce qu'il avait à cacher ?

Le week-end de la Toussaint, ils allèrent avec José et David mettre des fleurs sur la tombe du

Vieux. Noémie travaillait au salon tout le samedi et elle avait emmené Trevor, soi-disant qu'elle lui avait promis un cadeau mais Mamine se demandait si ce n'était pas pour la punir. Il n'y avait pas de doute que, après des années de silence au cimetière, Dieu avait pardonné les beuglements du Vieux, son alcoolisme et les volées de coups qui partaient pour un oui pour un rien — parce qu'elle portait des jupes trop courtes, parce que José n'avait rien fait à l'école ou parce que la bouffe était dégueulasse. Qui c'étaient, les gens, qu'est-ce qu'ils avaient de si bien pour venir leur donner des leçons ? Est-ce que le nom de Salabert n'était pas aussi bien qu'un autre ? Est-ce qu'être ouvrier, travailler de ses mains tous les jours, ça vous classait dans les sous-hommes ? David aussi, petit, en avait pris des calottes, en ce temps-là le Vieux était bien vieux et fatigué, tout jaune et gris de travail et de tournées, la plupart des coups ne ramassaient que l'air, et dans sa gorge les hurlements autrefois effrayants n'étaient plus que des gargouillis de vieille plomberie. Il s'était pris d'une passion pour une boîte de vieux soldats de plomb, la seule possession qu'on lui eût connue, qui traînait au fond d'une boîte à chaussures, et avait entrepris de les repeindre, avec sa main tremblante ça ne donnait pas grand-chose et il s'exaspérait, envoyait tout balader. Dans ces cas-là, la petite Noémie était la seule devant qui il se mettait à pleurer et qu'il voulait couvrir de gros bisous mouillés, piquants et — la petite s'en souvenait avec un haut-le-cœur — assez malodorants.

De tout ça, ils ne disaient rien, car à quoi bon, et se tenaient tous les trois face à la tombe, José et son fils encadrant Mamine qui avait garé son fauteuil à l'entrée du cimetière, et tandis qu'ils revenaient pour manger parce qu'il faisait faim, ils virent l'Arabe qui partait tout seul, à pied, sur la route des Pierres.

Pour rire, Mamine dit aux deux garçons qu'ils allaient le suivre, ça lui ferait une promenade, elle en avait bien besoin. Ce qu'on appelait la route des Pierres était l'ancienne route des carrières. Elle menait aussi au camping municipal et à l'institut des débiles, qui avait une grande piscine couverte, la seule du village, ce qui en disait long sur un village où on dépensait plus de sous pour des débiles irrécupérables, venus des quatre coins du pays, et peut-être même de l'étranger, que pour des gens nés au village dont les parents et les grands-parents étaient enterrés au cimetière, et le maire avait beau dire que ce n'était pas de sa faute, le petit pédé, il n'avait qu'à pas être maire si les choses n'étaient pas de sa faute.

Mamine n'était pas montée aux carrières depuis l'été où elle était dans la bande des fils Gimbert et qu'ils avaient quatorze ans. Ils l'avaient emmenée la nuit par un trou dans la grille, ils s'étaient glissés par une porte coulissante ouverte et ils avaient été nager dans l'eau verte des débiles en étouffant des rires, car elle était sûre qu'ils en ressortiraient gogols, raison pour laquelle ils voulaient lui faire boire la tasse, la tas-se, la tas-se, psalmodiaient-ils, à voix basse tout de même car on connaissait le gardien, la tas-se des mongols.

En bas de la route, Mamine avait insisté pour laisser son fauteuil électrique, l'exercice lui ferait du bien, et puis ça aurait pu donner l'alerte, qu'elle disait, comme si tout le village n'avait pas l'habitude de la voir passer, la grosse Mamine, sur sa Ferrari, comme ils disaient pour rigoler. Le résultat de cette crise de santé, c'est qu'elle s'essoufflait en montant cette putain de route, sur laquelle elle avait couru jambes nues, sang qui gouttait le long des cuisses, couru comme une gazelle blessée, bien des années plus tôt, quand elle avait la peau dorée et que les fils Gimbert lui avaient fait, si l'on peut dire, boire la tasse. Elle soufflait et l'air qui lui avait paru froid lui tisonnait les bronches sans relâche.

— Tu veux rentrer, Mamine ? demanda David qui lui tenait le bras. Tu n'es pas bien ?

— Et merde.

Elle voyait l'Arabe, devant, avancer les mains dans les poches, comme s'il n'avait rien à se reprocher, sur le chemin de la carrière qui longe en bordure de la pinède un canal d'eau verte et puis, passé le champ d'oliviers, débouche sur la pierraille, avec les grands pins comme miradors. On passe une chaîne rouillée tendue pour le principe sur un pont de pierre de part et d'autre duquel une décharge s'est ensauvagée. Une main a écrit sur un panneau à la peinture blanche : « Défense d'entrer, danger de mort », avec la tête du squelette, il y a si longtemps que personne ne s'en souvient. Les jours de grand vent, il s'en détache des papiers gras, morceaux de plastique, débris, qui volettent au gré des bourrasques.

La carrière elle-même, c'est comme un large bateau renversé dont les flancs, depuis le temps, sont envahis de pins, de buissons, de chênes verts, sans compter les palettes et les signes de peinture bleue et verte qui rappellent qu'il y a quelques années, pour divertir la jeunesse par des activités culturelles et modernes, le maire a donné l'autorisation de la transformer en terrain de paintball. Maintenant, tout ça est abandonné, ruines récentes polluant les ruines anciennes, et il ne fait pas bon quitter le chemin étroit tracé au fond de la carrière. De chaque côté, ce ne sont qu'épines et broussailles, sans compter les douilles en plastique et les bouteilles de bière cassées. Juste, toujours lui, râle que c'est une honte de laisser ainsi dépérir le patrimoine de la commune.

Mamine se désespérait d'avoir vu l'Arabe s'évanouir quelque part là-dedans. Le portable de José avait sonné deux fois et il avait pris sur lui de ne pas répondre, pour un artisan indépendant qui a construit sa réputation sur la qualité du service ça la foutait mal, sans compter David qui devait repartir pour sa ville du Sud, parce que là-bas, sur les bateaux, ça ne rigolait pas. Elle les regarda, rouge et furieuse :

— Je ne suis pas venue pour voir les carrières. Je suis venue pour voir ce que fricotait ce putain d'Arabe.

José ne disait rien et sautait d'une jambe sur l'autre comme s'il avait envie de pisser. Dans ces cas-là, jusqu'à ce qu'il explose, c'était motus.

— Nous aussi, on est venus pour ça, dit timidement David. Le problème, c'est que le type il va un peu plus vite que nous.

— Tu dis que c'est moi qui vous retarde. Je le sais bien, que c'est moi qui vous retarde.

Ce qu'il y avait à dire, ce qu'il y avait vraiment à dire, elle préférait ne pas le dire parce que ça leur aurait mis la honte. Elle crut le voir, immobile, une main posée sur la paroi, lorsque la camionnette s'arrêta juste avant le pont et que les deux gendarmes en descendirent et se dirigèrent vers eux au rythme précipité d'un plan de défense du territoire. On ne les connaissait pas, ils venaient probablement d'arriver d'un coin glacial de l'Est ou du Nord avec des idées de vengeance sur ceux qui, depuis toujours et même avant, menaient la bonne vie de chez nous. Sans dire bonjour ni bonsoir, ils demandèrent si on avait vu le panneau et José dit qu'on ne savait pas lire vu qu'on était cons, et les deux bleus demandèrent leurs papiers et José dit qu'on ne les avait pas, est-ce qu'il y avait un problème ? est-ce qu'on pouvait aller se promener dans notre colline où on s'était toujours promenés sans que personne nous emmerde, sauf les lapins, encore que de nos jours il n'y en avait plus, ou alors dans un tel état que ça valait même pas la peine d'en parler.

Mamine vit que José avait basculé en mode féroce et comme elle était bonne fille elle lui demanda d'arrêter, d'arrêter et qu'on allait rentrer, et lui là-bas ? grogna José en indiquant vaguement la direction de l'Arabe s'affairant à ses rituels infernaux, tu n'en as plus rien à foutre ? Ils regardèrent, les gendarmes, en croyant à un prétexte quelconque pour échapper aux rigueurs de la loi, mais José était parti dans ses imprécations, tu sais ce qu'il y a, plus haut ? tu sais comment ça s'appelle ? l'autel de la Coquille, ça s'appelle, un lieu saint pour les pèlerins depuis l'éternité la plus haute, et vous, vous n'en avez rien à foutre qu'un Arabe pisse dedans avec ses rituels coraniques dégueulasses. Vous nous emmerdez, nous, mais eux, vous les laissez prospérer comme l'algue tueuse et après vous venez nous faire chier quand il y a un problème, monsieur, il faut vous calmer parce que sinon, parce que sinon quoi ? et si je ne veux pas me calmer, et si je veux que vous me coffriez, pour voir ? et que j'appelle mes amis quand on traversera le village pour leur dire le crime que j'ai fait, hein ? me promener dans ma colline avec ma sœur et mon fils, le jour des Morts parce qu'on avait été mettre des fleurs sur la tombe de mon père, enterré dans le caveau que j'ai payé, avec mes sous, et les deux bleus, la tête enfoncée dans les épaules, avaient fait demi-tour en bredouillant alors que José continuait à les invectiver.

Mamine avait chaud, chaud à crever, et dire que c'était l'automne. Ils entendirent la camionnette démarrer, s'éloigner, et José d'un coup ne dit plus rien, il avait l'air triste et timide, comme toujours, son air gentil qui plaisait tellement à ses clients, José Salabert est tellement dévoué, et il rougissait, tout juste s'il ne balbutia pas des excuses et David dit c'est vrai, papa, c'est vrai, quoi, et c'était vrai. L'Arabe avait disparu depuis longtemps et Mamine n'était plus bien sûre de l'avoir vu là-bas, contre la paroi. La nuit tombait vite, sa sueur se refroidissait et elle avait peur d'attraper mal. Tandis qu'ils commençaient à redescendre avec José accroché à son portable (David était parti devant en courant parce que ce coup-là il allait le rater pour de bon, son train), elle s'imaginait dans une longue soirée d'été à des années de là, avec les cris des jeunes autour d'elle, quand il suffisait de planer sur la vie, de flotter, et de retourner un coup de griffe quand on vous mettait la main au cul. Qu'est-ce qui avait changé ? Pourquoi avait-elle envie de pleurer, sur elle et sur le reste ? Sur la route des Pierres, les rares voitures avaient allumé leurs phares et passaient trop vite. Épuisée, appuyée au bras de José, elle l'imaginait là-bas, cet avorton pas de chez nous, pissant sur l'autel de la Coquille, ou bien les mains posées sur le corps d'une idole sans tête qui avait été sculptée directement dans la pierre par un feignant dans son genre, avec des grosses cuisses comme les siennes. Elle reniflait de fatigue et grouillait d'insultes. Au bas de la route, comme ils allaient tourner à gauche vers la petite place des Hommes, ils tombèrent sur Juste qui leur dit quelque chose qu'elle n'entendit pas, elle sentit le bras de José se tendre, si dur qu'elle eut peur et se tourna vers lui.

— Qu'est-ce qui se passe, José ? demanda-t-elle d'une voix lasse.

Ni lui ni Juste n'eurent besoin de le dire, car à cet instant seulement les paroles parvinrent à son cerveau et elle se mit à hurler, un hurlement sans fin que, dit-on plus tard, on entendit jusqu'à l'église et au-delà, sur la route de la ville, avant de rouler à terre, dans une crise de nerfs si violente qu'il fallut au moins quatre hommes pour finalement la maîtriser et la descendre, avec des hou et des han, pire que s'ils transportaient une armoire, jusque sur la petite place des Hommes où les gendarmes demandaient déjà, de maison en maison, si quelqu'un avait des raisons d'en vouloir à Noémie Salabert.

Deuxième partie

L'EAU

Il y en eut, plus tard, pour te décrire les jours d'avant comme une histoire à côté de laquelle le déluge c'était de la gnognote, quarante jours, quarante nuits, de la flotte à seaux, les cieux qui s'ouvrent, la grande colère liquide du Très-Haut et tutti quanti. Les sages se taisaient, dans ces cas-là c'est la marque des sages, et puis c'est vrai, quand il y a de l'eau partout, ça te fait une belle jambe qu'elle soit tombée du ciel ou bien montée des entrailles de la terre, des affluents en furie ou du pipi des anges et démons. La paire de bottes était montée à pas de prix et les rayons d'eau minérale étaient dévastés, on dormait dans des endroits tout en plastique, entourés par des odeurs d'étrangers. Les gens de la ville, ceux des Cinq-Cents, tous ceux dont les maisons avaient le malheur d'être situées entre le fleuve et le canal de Chine, ne pensaient plus qu'à échapper à l'eau — si l'on pouvait ainsi nommer cette masse visqueuse, gluante, puante, qui s'était déversée dans les rues, les caves, les garages, les jardins et jusqu'à un mètre cinquante sur les murs des maisons ou des appartements en rez-de-chaussée des immeubles.

Les rumeurs affluèrent de suite. Ce n'était pas par hasard que l'eau avait inondé les pauvres, on avait vu une équipe de types rôder à la nuit autour de la trémie sur la voie ferrée, là où par la brèche le fleuve s'échappait en flots boueux à cinq cents mètres cubes-seconde, couleur de merde et l'odeur avec. Plus tard, toujours, des experts expertisant nous expliquèrent que c'était bien là notre chance et que si, au lieu d'une brèche, s'était formé un trou béant, c'est alors que nous aurions su ce qu'étaient les inondations, les vraies, celles qu'avaient connues nos grands ancêtres et dont nous n'avions aucun souvenir. Quand on a bien du malheur, savoir que ça pourrait être pire n'est une consolation pour personne, alors on pleurait tous ensemble ou bien seuls, comme des veaux, des madeleines, des crocodiles, on pleurait comme des pauvres qui n'ont plus rien de leur pas grand-chose.

Le fleuve poussait furieusement vers la mer, charriant des tonnes de marchandises, des arbres et des vergers entiers, des poussettes, des charrettes, des cageots, des volets, des portes de garage, des poubelles, une Sainte Vierge, tout un remuement de choses et de bêtes qui se noyaient dans la violence, secouées, broyées, réduites en débris et qu'au long des jours on retrouverait sur les berges et dans la vase, dans les rizières inondées et jusque dans la mer. On ne voyait plus personne aux fenêtres des immeubles — quelques solitaires chaussés de sacs-poubelle qui avaient refusé d'évacuer et baissaient la tête derrière leur balcon quand les pompiers passaient avec leurs canots et leurs bonnes intentions en lançant leur dernier appel avant la peste et le choléra. Va savoir ce qu'ils attendaient — on aimerait pouvoir dire qu'ils voulaient profiter de leur quartier de merde transformé en Venise ou en Bruges, et du silence, de l'électricité coupée.

Partout dans la ville on croisait des gens aux regards vides qui croyaient avoir tout perdu, des malins qui se débrouillaient pour toucher les aides plusieurs fois, des héros qui donnaient tout ce qu'ils n'avaient pas, des stoïques qui ne demandaient rien, des chanceux qui taisaient leur chance, des grincheux qui taisaient leur plaisir, des profiteurs qui profitaient, des politiciens qui politiquaient, et ni les arnaqueurs ni les réparateurs ne dormaient plus de quelques heures car il y avait trop à faire, de-ci, de-là, trop à prendre et trop à donner.

Quand le moral chuta d'un coup, sans raison ou même, aurait-on pu dire, parce que les choses allaient mieux, le maire fit dire une messe dans l'église des Cinq-Cents qui avait été inondée en premier (il ne cessait de le rappeler aux Arabes, dont la salle de prière était sous les flots) et l'évêque vint de la grande ville du Sud pour bénir tout ce qui se présentait. Les murs sentaient encore la boue, quoique des équipes municipales aient prêté main-forte pour nettoyer le tout, mais la ferveur timide que le saint homme essayait de fouetter ne trouva à s'exercer qu'après la cérémonie, dans une procession médiévale qui se répandit par les rues de la ville en agrégeant tous ceux qui passaient par là et n'avaient rien de mieux à faire — c'est-à-dire la plupart des habitants.

Sur ces entrefaites, une baleine crut bon de s'échouer sur la plage des Oublies, près du village du même nom, sur une étroite bande de sable en forme d'apostrophe, à la limite exacte du territoire de la ville, à l'extrémité des Terres Basses, dans le delta du fleuve qui peu à peu retrouvait son aspect normal. Les experts expertisèrent et les communes se battirent avec une responsabilité qui sentait — sentait littéralement — affreusement mauvais. Certes, les occupants illégaux des terres des Oublies n'étaient pas une préoccupation politique majeure mais, après les inondations, la baleine morte des Oublies commença d'occuper les pages du journal local, et eut les honneurs de la télévision. Des débats techniques opposèrent les partisans d'un dynamitage à l'explosif et ceux d'un dépeçage. La nuit, ceux des Oublies, indifférents à la puanteur, s'approchaient du cadavre et, à coups de poignard, lui arrachaient des os qui venaient décorer leurs jardins, leurs barcasses et leurs portes. L'un d'eux vivait une vie débarrassée des autres, au large des Oublies, sur une embarcation qui ne prenait jamais le large, mais ne gagnait jamais la terre.

Quand la baleine menaça de pourrir, le maire de la ville donna en personne l'ordre d'en finir — et plus vite que ça.

Il avait fallu administrer à Mamine des doses de calmants, de celles qu'on injecte aux éléphants dans les zoos, et au plus on lui en donnait, au plus elle s'agitait, jusqu'à tant qu'elle tombe, couverte d'écume, les muscles raidis dans une rage qui semblait ne pas pouvoir cesser.

Pendant la nuit même qui suivit le meurtre, les gendarmes arrêtèrent Robert, le mari de Noémie, qui avoua sans se faire prier qu'il était venu la chercher et faire valoir ses droits conjugaux légitimes, et que ce qui était arrivé du fait de sa résistance imbécile et contraire aux vœux prononcés devant Dieu et les hommes, c'était sa faute entièrement — argumentation qui fera ricaner, mais n'était pas si différente de celle de nos ancêtres quand ils soumettaient les Indiens ou les nègres.

Ce que Trevor avait vu ou n'avait pas vu n'était pas établi car il ne disait rien, un psychologue avait été dépêché de la grande ville du Sud et ne concluait pas, ce qui aurait fait rire en d'autres circonstances. C'était, d'après nous, dommage d'avoir tant de diplômes pour ne pas se rendre à l'évidence. Le gosse faisait le geste convulsif de mettre ses mains sur les oreilles. Il n'était calme qu'allongé à côté de Mamine, sur son lit, à regarder la télé.

Il y eut tout le village à l'enterrement, et quelques écharpes tricolores, dont celle du maire, ce petit pédé, que José avait promis de virer à coups de pompe dans le cul parce que la mairie ne voulait pas payer l'enterrement, seulement une grande gerbe de fleurs où il y avait écrit : « À notre chère Amie » — et puis finalement non. La famille Salabert ayant peu fréquenté l'église depuis un demi-siècle, le curé, un petit homme inquiet au regard fuyant, et qui, par malédiction ou vocation, s'appelait authentiquement M. Dieu, agitait des petits papiers sur lesquels il avait pris des notes établissant sans doute possible les qualités de cœur de Noémie, son adoration pour son fils, sa mère, son oncle, son cousin, son attachement passionné à ses clientes, son enracinement dans le village, la vallée, les monts également, et au-delà ; le tout si haché et absurde, délivré quatre mots par quatre, le souffle entrecoupé de toutes sortes de bruits, toussotements, sifflements nasaux, soupirs, raclements de gorge, tant et si bien que, à haute et intelligible voix, Mamine se tourna vers José et dit : « Passe-moi un flingue, que je l'abatte », ce dont personne heureusement ne tint compte, mais qui jeta un froid et eut le mérite d'abréger l'épreuve de l'éloge.

Il n'y avait pas un kilomètre jusqu'au cimetière et Mamine conduisit le cortège, montée sur sa voiture rouge, José une main sur son épaule pour qu'elle ne nous fasse pas une sortie de route ni aucune de ces choses. L'abattement, le chagrin, les larmes, il y avait tout cela, et comme en plus c'était un assassinat, montait une rumeur de vengeance qui ne se satisfaisait pas de la nouvelle de l'arrestation du coupable. On suivait la grand'rue jusqu'au carrefour du Paradis et, laissant la route des Pierres, on descendait vers le cimetière par une côte raide qui finissait dans le creux de la vallée, où rouillaient les rails de l'ancienne voie de chemin de fer, qui avait transporté nos pierres, à l'heure de notre gloire, à travers toute l'Europe et jusqu'à l'autre côté de la mer, celui des villes blanches et scintillantes, pour construire des gares, des théâtres, des palais, des mausolées.

Un bourdonnement traversait les rangs, bourdonnement d'une haine sourde qui se mua en cris lorsque la voiture des pompes funèbres dépassa le cortège. Ô Noémie ! Noémie ! Rien ne te fera revenir, mais le salaud qui t'a fait ça, il n'y a rien de trop qu'on puisse lui faire ! Trevor, qui ne parlait toujours pas, était accroché à la manche de son oncle David en uniforme blanc, avec les larmes qui lui coulaient sur le col dur. Quelques voix timides dirent chut, mais on ne les entendait pas. Noémie ! Tu étais la meilleure des femmes, toujours avec le mot gentil, à régler la clim' dans le salon si c'était trop chaud ou trop froid pour une de ces vieilles dames dont tu étais le soleil, qu'il pleuve ou qu'il vente, et maintenant voilà, le monde est de la saloperie si des salauds comme ça ont le droit de vivre, et bientôt de courir en liberté, alors que toi tu n'es plus là. Elle était à moi, à moi, avait répété Robert aux gendarmes, j'étais son mari, et ils l'avaient pris pour un idiot jusqu'à ce que l'examen post mortem révèle qu'il l'avait violée, sans doute devant leur fils à qui il disait d'en prendre de la graine sur ce qu'était un homme, un vrai, un couillu, pas une lopette. Le récit du viol l'avait aidé à ouvrir les vannes, il était seulement revenu chercher l'exercice de ses droits légitimes, seul, comme un homme, et, alors qu'il était prêt à lui pardonner tout ce qu'elle lui avait infligé, elle l'avait attaqué avec ses ongles et même, il s'en souvenait, avec sa cigarette allumée, en essayant de l'enfoncer dans une narine, monsieur, et vous irez dire que c'était l'ange de la douceur ? un démon, je vous dis, et puis elle s'était mise à crier à cause qu'elle voulait pas, à l'aide, à l'aide, comme si j'allais la tuer, tu parles. À ce stade, Robert sanglotait un peu, sur sa jolie femme perdue et sur lui-même, et répétait que rien ne serait arrivé, rien, vous m'entendez ? si elle n'avait pas eu cette lubie de le quitter alors qu'ils étaient unis devant Dieu et les hommes par des liens conjugaux sacrés et indéfaisables, tout ça sous le prétexte qu'il la frappait, alors qu'on arrivait à les compter sur les doigts d'une main, deux tout au plus, les fois où il l'avait frappée, je ne parle pas des gifles, des claques, je veux parler des vraies dérouillées, et d'ailleurs, qu'elle dise les circonstances exactes, qu'elle les dise, qu'elle avoue s'il avait ses raisons, des vraies, et qu'elle arrête de le faire passer pour un maniaque ! Ah non, ça commençait à bien faire, Noémie c'était pas la sainte qu'on croyait, bien loin de là, et puis avec sa grosse vache de mère ça devait finir par arriver, c'était elle qui avait tué leur mariage parce qu'elle était jalouse depuis le premier jour, et avait tout fait pour les séparer. Un exemple au hasard, il l'avait surprise alors qu'elle allait sortir sans culotte, sainte Nono, une jupe courte et pas de culotte, qu'est-ce que ça pouvait vouloir dire ? sans penser à mal je veux dire, est-ce que ça pouvait vouloir dire autre chose que salope et compagnie ? et à l'époque moderne, les hommes, les malheureux, qui avaient épousé une salope, ils étaient censés dire merci et verser une pension alimentaire qui payait le ciné et le bowling aux amants de leur ex ? Ah non, môssieu, c'était pas ça la vie ni sa conception de la démocratie et tout homme digne de ce nom serait de son avis.

« Tout homme digne de ce nom » — jusque-là le gendarme Estevan avait écouté le flot d'inepties sans bouger et sans l'interrompre, en le regardant sans le regarder, c'est-à-dire, comme il eût regardé une fourmi ou un bois mort sur une plage, mais cette expression « homme digne de ce nom », il avait beau se dire que le cerveau dans lequel elle s'était formée n'avait de l'homme et de sa dignité qu'une notion des plus imprécises, elle fit son chemin jusqu'au sien et s'y ficha, homme digne de ce nom, ça ne voulait rien dire, et encore moins dans la bouche d'un primate qui avait violé et tué sa femme parce qu'elle osait refuser l'honneur de son illustre compagnie et comme ça, sur un caprice, ne savourait plus un devoir conjugal qu'il avait accompli une fois par jour, et même deux, et même trois, et elle en criait, la Nono, elle le suppliait, et voilà que du jour au lendemain, non mais, un homme digne de ce nom, les mots dansaient dans la tête d'Estevan comme une rengaine qui devient migraine. Était-il plus un homme, ou moins, lui, Estevan, parce que sa femme l'avait quitté après l'avoir fait cocu pendant trois ans (durée officiellement avouée au milieu d'un torrent de reproches où surnageait, incongru, celui qu'il bandait mou) et qu'il n'avait fait rien d'autre que de pleurer tout seul devant un mur ? Enfin, des choses il en avait fait, des choses inutiles et qui lui faisaient du mal, mais quand il évoquait ces six mois-là, ceux qui avaient suivi son départ, il ne voyait rien de notable, rien que les larmes et la morve qui lui coulaient le long du nez, comme un petit garçon. Alors franchement, un homme digne de ce nom ? Est-ce que c'était digne d'avoir continué à se brosser les dents matin et soir ? digne de s'être rasé ? digne — au prix d'un effort surhumain — d'avoir enfilé l'uniforme le matin ? Et puis par ces temps d'inondation, où étaient-ils, les hommes dignes de ce nom ? On te racontait l'histoire bien touchante d'un jeune qui avait sauvé une mamie et la portait sur son dos, mais n'était-ce pas le même qui, avec sa bande, avait pillé les maisons d'un quartier ? Un homme digne de ce nom ? Ça le torturait, Estevan, de penser qu'ils l'étaient tous ou qu'aucun ne l'était, et que s'il l'était, lui, le type en face de lui — idée pénible — l'était aussi.

Il régnait à la gendarmerie une atmosphère étrange et, avec son meurtre sans mystère sur les bras, Estevan se faisait l'effet d'un rhinocéros à une corne, survivant égaré d'une époque engloutie — c'était le cas de le dire. Les collègues étaient devenus pompiers bénévoles, assistantes sociales, conducteurs de canots à moteur, et occupaient d'une façon générale toutes sortes de fonctions peu enviables les exposant à la misère et aux larmes, comme si certaines de leurs maisons, à eux aussi, n'avaient pas été inondées, comme si leurs femmes ne se gavaient pas de somnifères pour fuir les insomnies boueuses. Depuis la révélation publique de son cocufiage (du moins était-ce ce qui lui semblait, mais aussi bien les choses avaient-elles commencé plus tôt et l'histoire de sa vie était une succession d'abandons brutaux, incompréhensibles, et ce qu'il en appelait le sens une espèce de mascarade à laquelle il avait dévoué toutes les ressources de son intelligence), Estevan avait glissé dans une infaillible solitude, le tout sans ostracisme particulier sinon peut-être celui de l'âge — car à quarante-neuf ans, il se trouvait dix ans plus vieux que les plus vieux d'entre eux —, seul d'une solitude de veuf alors que sa femme était quelque part dans la ville, vivante, heureuse, dans un monde où il n'aurait accès qu'à coups de couteau, justement, s'il avait été un homme digne de ce nom.

Ce fut quelques jours après l'incarcération et la mise en examen de Robert, non dans la prison de la ville qui avait été inondée et évacuée, mais dans un établissement pénitentiaire de la grande ville du Sud, déjà surpeuplé, que Danielle Salabert se présenta devant lui, avec des révélations à faire — c'est ce qu'elle avait dit au jeune de la guérite pour être reçue plus vite par le responsable de l'enquête.

Tout de suite elle ne lui fit pas confiance, comme flic. Avec sa grande allure maigre et son crâne dégarni, sans compter les petites lunettes perchées sur le bout de son nez, il avait une tête de prof de maths gréviste, pas de fonctionnaire d'autorité qui pourchasse les malfaisants et les détruit pour les empêcher de malfaire, avec tous les moyens idoines, et jusqu'à ce que mort s'ensuive si besoin est — aux grands maux les grands remèdes. Et puis il parlait comme un livre, lui expliquant onctueusement que l'enquête sur le décès de sa fille avait été simplifiée — si l'on pouvait employer ce terme au cœur de tant de malheur — par les aveux immédiats et complets du coupable, dont la motivation — une jalousie poussée à la bestialité — était d'une égale simplicité. Et banale, madame, tristement banale. L'instruction serait rapidement menée — rapidement, une façon de parler, dit-il en levant les bras au ciel avec un petit gloussement, si l'on prenait en compte non la complexité de l'affaire mais l'encombrement administratif atroce des tribunaux de notre pays.

Mamine s'impatientait sans qu'il en comprît la cause, ayant cru avoir affaire à une mère éplorée qu'il fallait rassurer sur la gendarmerie, que l'imagination populaire, toujours fertile en injustices, disait moins efficace que la police dans les affaires criminelles. À la fin, elle n'y tint plus.

— Si j'ai dit que j'avais des révélations à faire, c'est que j'en avais !

Estevan s'interrompit dans son élan, interdit. Il fit glisser ses lunettes sur l'arête du nez en un mouvement avant-arrière.

— Des révélations, madame ?

— Des révélations, voilà.

Ça plut à Mamine de sentir que ce grand con avait peur, que toute sa belle simplicité était en état d'alerte rouge, que sa répugnante humanité dégoulinait et finirait en flaque et que, dans la brume de sa tête, commençait à tourner le diaporama de tous les emmerdements qui l'attendaient. Elle le laissa mariner dans son jus une bonne minute, avant de lui cracher le morceau à sa façon, et à son rythme.

— Sur cette ordure de Robert je n'ai rien à dire. Dès le premier jour j'avais prévenu Noémie, mais elle a toujours été attirée par le genre crétin poilu, de préférence brutal. Elle trouvait que ça faisait « homme », si vous voyez ce que je veux dire. Ça vous fait mal au ventre, de voir ces jolies filles délicates entre les pattes noiraudes de bestiaux comme ça, mais quand c'est votre fille… Quoi faire, avec ça ?

Fin lecteur de haute littérature, à ses longues heures perdues, ce qui faisait partie du catalogue des reproches de sa femme, Estevan repéra la question rhétorique. Il attendait la suite qui ne venait pas.

— Quoi faire ? répéta-t-il faiblement, en inclinant la tête.

Mamine poussa un soupir.

— On va commencer par une question, une question simple : Est-ce que parmi tous les génies qui crèchent dans cette piaule et qui se sont penchés sur le meurtre de ma fille, il s'en est trouvé un seul pour se poser la question de la complicité ?

— Complicité ?

— Il faut que je t'explique ce que ça veut dire ?

— Non, madame.

— Alors ?

— Non, madame, personne. Je veux dire que les faits étant établis, le coupable présumé ayant passé des aveux complets dont les détails recoupaient en tout point les constatations, personne à ma connaissance n'a soulevé cette question.

— J'en étais sûre.

— Madame, si un détail de l'enquête a été négligé, nous serons certainement heureux de...

Mamine leva une main conciliante.

— Je vais te donner des faits, d'accord ? Et puis c'est vous qui jugerez. Un mois après le retour de Noémie à la maison, il y a ce type qui est venu s'installer à côté de chez nous, dans la cave à Juste. À ce qu'on dit, il travaille pour Bernard, le terrassier, mais pour ce que j'en sais son boulot c'était de nous espionner dès qu'il était là, et de surveiller Noémie.

— Comment avez-vous constaté cette surveillance ?

Elle devint toute rouge et faillit lui voler dans les plumes direct. Se retint.

— Tu as un étranger sur la petite place des Hommes, et si elle s'appelle petite, c'est qu'elle est petite, je te le garantis. Même les chiens, ici, on leur connaît les ancêtres. Depuis toujours il n'y a que nous, je veux dire Noémie, Trevor et moi, au bout du chemin mon frère José, à côté du puits la maison des Gimbert où il ne vient plus personne, et puis la maison de Clément, le frère à Juste, qu'il loue en général à des lesbiennes ou à des malpropres qui ne restent pas.

Ça a l'air de faire du monde, comme ça en vrai de vrai, on est bien les uns sur les autres. Donc tu as cet étranger et à chaque fois qu'on est là, il est là ; quand on regarde, il regarde aussi ; Noémie, il essaie de l'aborder ; même quand il travaille au poulailler, il est encore à glisser des coups d'œil vers chez nous.

— Je vois. Avez-vous eu l'occasion d'établir un lien entre votre gendre et cette personne ?

— Mon « gendre » — c'est un trop joli mot pour ce sale oiseau.

— C'était pour être sûr.

— Je ne les ai pas vus ensemble. Mais je le sais, je le sens... Une affaire à deux : je t'envoie sur place pour repérer. Je vais finir le travail quand je sais que la route est libre.

— C'est-à-dire ?

— Est-ce que tu crois que c'est un hasard si, le jour du meurtre, ni mon frère ni moi on n'était là ? C'est que l'autre nous avait attirés sur une piste, vers le fond des petites carrières, le temps que l'ordure fasse son coup, tu comprends ?

Mamine avait les yeux qui brillaient, gonflés et humides, et elle était prête à aimer le gendarme s'il la comprenait, à le prendre dans ses bras. Estevan se sentait envahi d'une envie de dormir irrésistible, qui paraissait la seule réponse possible à ce magma d'absurdités haineuses.

— C'est un peu court, marmonna-t-il, mais...

Mamine redevint rouge.

— Un peu court !

— Laissez-moi finir. C'est un peu court, mais nous procéderons aux vérifications nécessaires.

Mamine le considéra un instant avec tout le mépris qu'il méritait. Déjà il s'était levé et faisait signe de la raccompagner.

— Je ne vous ai pas tout dit.

Estevan soupira sans répondre, toute réserve d'amabilité épuisée.

— C'est un Arabe.

Ce coup-là, elle se laissa raccompagner. Elle était vidée, mais si avec tout ça ces salauds ne le coinçaient pas, c'est que le Bon Dieu s'était absenté de cette pauvre terre.

D'ordinaire quand il y avait un ennui, c'était les Grisoni qu'on appelait — n'allez pas penser combine, magouille et compagnie, car même s'ils s'y retrouvaient à la sortie, c'était une habitude que le chef des services techniques avait prise, et puis rien à redire, ils faisaient le boulot vitement et proprement, on disait même que le vieux Grisoni, plus qu'en retraite maintenant, n'aimait rien tant que filer au volant de son bull en pleine nuit, sur les digues du delta où l'on avait signalé des brèches. C'est dire que Bernard était resté surpris quand ils l'avaient appelé de la ville pour la baleine.

Il n'avait pas lu l'histoire dans le journal car il ne lisait pas le journal, et puis l'île aux Rats c'était loin de la mer, un autre monde. Le travail était arrêté avec l'accord de Palante. L'eau du fleuve était montée si haut sur le remblai qu'au moindre coup de vent ça ruisselait. Le syndicat des eaux prévoyait une décrue mais, avec quelques millions lourds de matériel en jeu, Bernard ne voulait pas prendre le risque de tout perdre et d'avoir droit à leurs excuses pour une légère erreur de calcul. Alors occuper son monde à dégager une baleine, pourquoi pas ? Ils allèrent sur place avec Roland en compagnie d'un Technicien Maritime Supérieur et s'enfermèrent à leur retour, selon leur bonne vieille habitude, pour dessiner des graphiques que Roland seul commentait, car dans ces cas-là Bernard devenait silencieux, ne s'exprimait plus que par grognements, grommellements, et même hochements de tête. Il aurait pu passer les journées à ne rien dire, non par misanthropie, car il aimait la compagnie des hommes, même depuis qu'il était en fauteuil il avait pour eux une indulgence nouvelle, mais toute envie de commenter se retirait de lui — et de juger encore plus — et il s'absorbait, s'anéantissait dans l'observation des autres, comme il eût pu faire des plantes et des pierres.

Il lui fallait deux volontaires pour l'expédition du lendemain — sans compter Roland, volontaire naturel, qui conduirait l'une des deux pelles nécessaires pour mener à bien l'opération. Le porte-char arrivait aux frais de la princesse pour les transporter jusqu'aux Oublies et les dumpers devraient passer. Les uns après les autres, les gars se défilèrent. Au grand dam de Roland qui désapprouvait les méthodes de fillettes, Bernard avait décidé de ne forcer personne.

— Tu préfères te faire enculer, lui reprochait Roland, plutôt que de leur botter le cul, à ces feignants.

— Je préfère. Si je fais une colère, ça m'empêche de dormir.

— Et à moi, ce qui m'empêche de dormir, c'est que ces feignants lisent le journal pendant que je me casse le cul.

— Lire le journal, ça m'emmerde. Et toi, si tu ne te casses pas le cul, tu t'emmerdes aussi. Tout le monde y trouve son bénéfice : ça s'appelle l'harmonie de la société. Il paraît que dans les sphères supérieures de l'univers, ça déclenche une musique agréable aux dieux.

— Eh bé. Tu m'en diras tant.

Pour ce qu'ils avaient vu, le boulot c'était du dégueulasse garanti, et ils auraient beau porter des masques de Mickey, ça ne changerait pas grand-chose. Alors s'il n'avait personne, il rappellerait les services techniques et leur dirait qu'il n'avait personne. Il commençait à comprendre pourquoi ils n'avaient pas appelé les Grisoni, comme d'habitude, ou peut-être bien qu'ils les avaient appelés et que le vieux, malgré son goût pour les cavalcades nocturnes, avait trouvé que ce coup-là, ça n'était pas trop Hollywood.

— Moi ça ne me dérange pas, dit l'Indienne, la Sauvage.

— Moi non plus, dit l'Arabe.

— Un beau couple, dit Yves.

Roland poussa un gros soupir.

— Ça va, dit Bernard.

En maugréant, Guy-Claude dit qu'il conduirait la deuxième pelle.

Après avoir chargé et arrimé les pelles, ils partirent en convoi, Bernard devant dans son 4 × 4, Roland conduisant le porte-char, l'Indienne au volant de l'Euclid, l'Arabe fermant la marche avec le Kockum. À l'entrée de la ville, le ballet nautique avait diminué d'intensité. Au carrefour transformé en base navale, des pompiers japonais arrivés sur la foi d'un reportage apocalyptique passaient en glissant sur l'eau, rangés comme des sushis dans une barquette. Dans les immeubles des Cinq-Cents, on secourait encore des rebelles, des imbéciles et des poètes — en s'étonnant qu'il n'y ait pas plus de cadavres. La crainte de maladies médiévales s'éloignait, les Japonais ne quittaient pas leurs masques et leurs gants de caoutchouc. Un interprète spécialement appointé par la mairie dissimulait autant qu'il le pouvait son incompréhension presque complète de ce qu'ils racontaient, se demandant pourquoi ils gloussaient quand il essayait de leur dire quelque chose ; *lost in translation*, ils terminaient en mauvais anglais et en bière Asahi.

Ils passèrent par la route qui longeait le canal de Chine, à la limite de l'inondation, et contournèrent la ville pour emprunter le nouveau pont. L'Indienne voyait la nuit scintiller et, à la surface du fleuve, rendu jaune et boueux par le jour, s'agiter des tempêtes de lucioles et d'elfes, un reflet des étoiles ou bien la résurgence, depuis les profondeurs de la terre, d'une source d'étincelles qui venaient rougeoyer et mourir dans le tumulte de leurs moteurs. L'air était traversé par un vent tourbillonnant et des odeurs limoneuses s'infiltraient dans la cabine ; sa peau était picotée par un froid coupant malgré sa polaire et son anorak.

Après le pont, on entrait dans le vaste triangle ouvert par le delta du fleuve. Ils suivirent la route qui longeait le grand bras. Le vent soufflait si fort que l'Indienne sentait sa machine vibrer. Devant elle, le porte-char s'immobilisa et Roland descendit pour vérifier l'arrimage. Malgré les tendeurs et les chaînes, les pelles semblaient de fragiles hérons qu'une bourrasque pouvait casser.

En quelques enjambées elle escalada le remblai. Le fleuve se soulevait en vagues, en bouillonnements vastes comme des grottes, puis se creusait comme sous l'effet d'une force de succion venue des profondeurs. Un arbre volait à sa surface en tourbillonnant, arme préhistorique lancée sans retenue par un être titanesque. Tandis qu'ailleurs les eaux retombaient avec lenteur, laissant croire aux hommes qu'ils avaient gagné la bataille alors qu'ils avaient seulement survécu, le lit du fleuve marquait une férocité totale, où rien de vivant n'était appelé à faire surface. À dix mètres à sa droite elle vit un peuplier arraché s'abattre et rouler sur la pente jusque dans les eaux qui se refermèrent sur lui. Une série de coups de klaxon la sortit de sa rêverie.

À quelques kilomètres du village du Sel, ils quittèrent la compagnie du fleuve. Aux eaux furieuses succéda un bruissement de feuilles, tamaris, roseaux, bosquets de peupliers. La route était fermée par un virage à angle droit et ils durent s'y reprendre à deux fois pour passer. Un chêne râblé s'y tenait, étirant ses bras nains. Puis ils s'engagèrent, à cinq à l'heure, sur la digue qui menait aux Oublies, au milieu des marais salants, sous la voilure d'oiseaux en retard. L'Indienne ouvrit sa fenêtre en grand et, ignorant les moteurs, se gava de l'odeur du sel qui entrait par vagues. Le fleuve avait cédé d'un coup, laissant toute la place à la mer. Derrière elle dans son dumper, l'Arabe avait l'air terriblement secoué. Quand elle apercevait Bernard au détour d'une courbe, elle le voyait progresser avec prudence au milieu des nids-de-poule géants. Le porte-char et les dumpers avançaient droit, occupant toute la largeur de la digue et prenant des chocs qui faisaient s'emballer les moteurs. Le vent soufflait des larmes, du sable et du sel, mais elle ne s'en lassait pas.

À l'entrée du village des Oublies, les flancs des containers sonnaient comme des gongs sous le vent. Leurs ventres gris, massifs, débordaient de sacs-poubelle noirs. Çà et là des sacs s'étaient échappés et sautillaient au gré des bourrasques. Quelques panneaux routiers donnaient des indications — sens giratoire, stop — sur une absence de route. Des cabanes équipées de générateurs et d'éoliennes grondaient sous le vent, les caravanes grinçaient et des piquets plantés dans le sable se penchaient sans s'arracher. L'endroit méritait son nom : toujours menacé d'être détruit, et survivant malgré tout, c'est par des nuits comme celle-ci qu'on le voyait, à la manière d'une ville ruinée du Far West, peuplé de fantômes et de courants d'air, éclairé par de vacillantes lumières de fabrication un peu plus — ou un peu moins — qu'humaine.

L'Indienne en avait entendu parler sans y avoir mis les pieds et elle comprit qu'on y voulût une cabane, un abri, n'importe quelle cahute en tôle ou en bois, avec un toit d'herbes ou pas de toit du tout. Ils traversèrent le village sans éveiller plus que l'aboiement d'un chien et s'arrêtèrent devant deux gros rochers qui obstruaient la piste. Elle rejoignit Roland et les garçons pour les écarter. La piste décrivait de larges courbes le long des dunes. À main droite, il traînait sur la plage noire des flaques, des saletés, des voitures abandonnées et toutes sortes de douteux agrégats synthétiques que la nuit ne permettait pas d'identifier. Au loin, la lumière tournante du phare des Oublies éclairait pour des marins fantômes. Bernard stoppa au milieu de nulle part et ils aidèrent Roland à désarrimer le chargement. Guy-Claude descendit une pelle, puis l'autre. Bernard laissait Roland diriger le mouvement. Quand ce fut fini il s'approcha d'eux.

— Vous sentez ? dit-il.

Quelque chose de piquant s'était insinué entre

l'air marin et celui, saumâtre, qui venait des eaux croupissantes de l'arrière-pays. À cent mètres de là, les vagues claquaient en gifles à la volée. Sur leur gauche, un moutonnement de dunes les séparait des marais. Un char à voile passait en sifflant à plus de quarante à l'heure, et ils n'eurent le temps de voir que l'œil lumineux d'une lampe frontale et des cheveux longs en bataille.

— On va faire dix mètres à droite, dit Bernard, pour se garer bien à plat, et je ramène tout le monde. Vous vous serrerez un peu à l'arrière. Zou !

Ils manœuvrèrent l'un après l'autre. Bernard, vitre baissée, leur fit signe de le rejoindre. Roland prit sa place à côté de lui et Guy-Claude s'installa à l'arrière.

— Je vais rester ici, dit l'Indienne, la Sauvage.

Roland leva les mains et les bras au ciel, et ses lèvres marmonnèrent quelques imprécations.

— Tu vas avoir froid, dit Bernard.

Elle montra sa polaire, l'anorak. L'Arabe s'était éloigné de quelques pas et leur tournait le dos. Roland s'impatientait pour sa chienne, qui n'avait pas l'habitude d'être seule le soir et lui aurait bouffé son oreiller, si ça se trouve. Bernard montra l'Arabe du doigt.

— Et lui ?

— Demande-lui.

L'Arabe revenait vers eux.

— Tu restes aussi ? demanda Bernard.

Il fit signe que oui.

— Tu prends soin d'elle, alors, dit Bernard. Et tu te débrouilles pour qu'elle n'attrape pas la mort.

L'Arabe hocha la tête.

— Demain matin sept heures, dit Bernard, et il démarra.

Ils demeurèrent un instant à regarder les feux arrière de la voiture qui s'éloignait. Puis, sans se consulter, se mirent en route, marchant à une largeur de hanche de distance, vers la masse noire dont ils devinaient les contours quand les nuages négligeaient la lune. C'est maintenant que l'odeur était suffocante mais ça ne servait à rien d'en parler. Pendant des jours, la baleine était allée et venue avec le ressac, tantôt ballottant à une quinzaine de mètres, tantôt échouée sur le rivage, quinze tonnes de chair qui s'avariait à grande vitesse. Les stries étaient constellées de blessures et, à la voir, on avait du mal à se souvenir que dans une autre vie c'était un rorqual bleu, surgi des mythologies les plus anciennes, le premier animal dans la Bible, un Léviathan chassé sans relâche par les hommes embarqués dans leur curieuse et antique manie d'exterminer ce qui les fascinait. Maintenant, sa mort était prolongée au-delà de la mort, le rose de ses muscles virant au brun, ses entrailles ouvertes dégageant tout ce qu'il y avait de vivant en elle : sa puanteur.

Ils s'éloignèrent aussitôt, non pas le long du rivage, comme en plein soleil font les papas et les petits enfants, mais vers les dunes et les marais.

Plus tard, quand ce serait fini et qu'il n'y aurait plus rien à dire à personne, l'Indienne penserait qu'elle n'avait pas de regret — en tout cas pas le regret de cette nuit-là. En attendant, elle tremblait et ne savait plus rien, se demandant si bon sang il allait se décider à la toucher et à lui donner autre chose que les petits riens de son ironie tranquille.

Lui, l'Arabe, c'était comme d'habitude on aurait dit, il s'en foutait on aurait dit, et son sourire flottait dans la nuit, invisible et timide.

Au-dessus de leurs têtes, des mouettes insomniaques criaillaient ; dans un marais encore invisible, des grenouilles émettaient un coassement hésitant. L'Indienne (qui s'était mise à parler nerveusement et ne pouvait plus s'arrêter) préférait les appeler des crapauds-buffles de façon qu'en fermant les yeux on se crût en Afrique, quelque part au bord d'un lac aux dimensions d'une mer, sur une terre plus puissante que cette bande étroite dessinée dans la courbure d'une mer aux maigres marées, elle-même de la taille d'un lac — et c'était la nôtre, de mer, il fallait faire avec.

Dans une conque d'une vingtaine de mètres de diamètre, un autobus sans roues était posé — c'était la fin d'une ligne, le terminus des terminus, tous les passagers pour les Oublies étaient descendus et avaient été absorbés, métamorphosés, ensablés. Elle imagina une vie où tout se consommait en l'arc d'un jour, une vie de papillon, et cela lui parut enviable — un monde où les histoires du passé étaient englouties, où le futur n'existait pas, où tout était vécu selon l'instinct de la survie, de la reproduction et de la mort.

L'autobus avait été entièrement désossé et ils franchirent l'ondulation de la dune suivante, où ils étaient mieux préservés du vent, sinon d'eux-mêmes. L'odeur des marais dominait celle de la mer, et même celle de la baleine. Elle s'assit dans le sable frais. Il resta debout.

— Et maintenant, qu'est-ce qu'on fait ? demanda-t-elle.

Elle tremblait. Il la prit dans ses bras.

À l'aube, tandis qu'ils quittaient le creux de la dune, la baleine prit un instant des reflets or et bleu pâle.

Ils attaquèrent avant l'aube, à la lueur des frontales et des phares. Bernard versa du café et ils échangèrent avec Roland quelques plaisanteries qui ne demandaient rien à personne — d'ailleurs ça leur était bien égal, que Guy-Claude ait son air impavide habituel et que l'Indienne et l'Arabe dorment debout. Ils parlèrent du génial édile qui avait proposé de faire exploser la baleine à la dynamite et de faire couler les restes au large. C'est un polytechnicien sûrement, dit Roland, il devait avoir calculé au gramme près la quantité de TNT nécessaire par mètre cube de chair, avec un coefficient dégressif pour factoriser le pourrissement. Un polytechnicien ou un poète, dit Bernard. Poète je ne sais pas, dit Roland, je n'en connais pas. Des polytechniciens, tu en connais beaucoup ?

Bernard leur expliqua le topo : comme la baleine n'était pas stable, Guy-Claude commencerait par l'immobiliser avec le godet de la pelle, tandis que Roland la dépècerait avec l'autre pelle. L'Indienne conduirait le premier dumper et irait déverser son chargement à cul du deuxième dumper, que l'Arabe emmènerait jusqu'à la route, où attendaient les deux semis d'une entreprise d'équarrissage qui ne pouvaient pas rouler sur la digue. Le tout, si personne ne faisait le con, ne prendrait pas plus de la journée et le soir on en serait quittes pour autant de douches qu'on voudrait et peut-être un ou deux litres de sent-bon.

Guy-Claude manœuvra avec prudence, cherchant l'angle idéal pour actionner le bras vers la zone dorsale où les dents du godet auraient le plus de prise. Roland était en place et l'Indienne derrière. Quand elle le vit creuser dans la charogne pour la première fois, elle fut soulagée de n'avoir pas à le faire, et soulagée aussi que, dans sa position, elle n'ait qu'à garder les yeux fixés sur la piste et le village des Oublies. Dans sa tête résonnaient des bruits de succion, d'os brisés, de chairs déchirées, qu'elle ne pouvait entendre sous le bruit du moteur. Elle devait jeter un coup d'œil pour guetter le signe de Roland, un goût nauséeux dans la bouche elle priait pour qu'il aille plus vite. Même en prenant la piste elle avait le ventre serré de transporter cette cargaison et elle roulait un peu trop vite, ce que Bernard lui indiqua d'un signe, après le premier passage.

L'Arabe était garé à côté des poubelles à l'entrée du village et elle devait décrire une boucle et terminer en marche arrière pour positionner sa benne contre la sienne, si bien qu'elle ne le voyait jamais de face, tout juste sa nuque quand elle se tordait le cou. La manœuvre demandait une précision à la limite de ses forces.

Au bout de trois heures Bernard décréta la pause, et Guy-Claude et Roland, en sueur, les rejoignirent. Ils avaient l'un et l'autre enlevé leur masque, offrant à l'air un visage ruiné.

— Des boulots de merde, j'en ai fait avec toi, dit Roland à Bernard, mais celui-là c'est le pompon.

La baleine avait déjà perdu sa forme et tout ce qu'il y avait eu de muscles, d'os, de tendons ; entamée sur le flanc elle n'était plus qu'une charpie, une carcasse où s'accrochaient des lambeaux de chair en décomposition et un grouillement de vers et de grosses mouches noires. La vague beauté qui avait pu s'agripper à elle, avec les mollusques, était un souvenir perdu. Quelques curieux des Oublies s'étaient approchés et observaient en gardant leurs réflexions pour eux. Le boulot, heureusement, avançait vite, même si Guy-Claude devait constamment réviser sa position, et si Roland devait de temps en temps s'y reprendre à plusieurs fois pour détacher son bout de gras. Ils prenaient des tours avec l'Arabe, servant le deuxième semi — le premier était parti mais remplir le deuxième était interminable. L'Indienne transpirait, elle avait envie de rentrer chez elle et de prendre un bain de trois jours, mais il en restait encore — quant à l'odeur, elle en était imprégnée jusqu'à la moelle.

Au milieu de l'après-midi, une petite voiture de gendarmerie s'approcha du chantier et deux hommes en descendirent. Ils portaient des masques à gaz dont le modèle avait dû être dessiné au cours d'une vieille guerre. Ils les soulevèrent pour entrer en conférence avec Bernard. Elle vit Roland immobiliser la pelle et descendre. Elle s'arrêta à son tour et le rejoignit.

— Qu'est-ce qui se passe ?

Il fit un signe en direction de Bernard et des gendarmes.

— Je ne sais pas.

Il y avait un grand type aux épaules tombantes avec un autre, plus petit, qu'elle ne regarda pas.

— Qu'est-ce qui se passe ? répéta-t-elle avec alarme quand ils furent devant eux.

Il n'y avait, sur le visage de Bernard, que le réseau des rides et de son bon caractère.

— C'est pour l'Arabe, dit-il. Ils ont besoin de lui parler.

— Vous voulez lui parler de quoi ? aboya l'Indienne.

— Il y a un problème ? demanda le grand. Il avait son masque à gaz au bout de la main et il le balançait.

— Il n'y a pas de problème, dit Bernard. Il y a qu'on est fatigués, qu'on a bossé sur cette bête depuis une huitaine d'heures, qu'on veut en finir et puis rentrer chez nous.

Elle avait le cœur qui battait à grands coups. Elle tenta de se maîtriser.

— Je n'ai insulté personne.

— On vient juste lui demander de nous suivre, madame, et on ne sait même pas ce que c'est. Les questions, ce n'est pas nous qui les posons.

— Vous avez bien une idée du pourquoi ?

Les types secouèrent la tête. L'Indienne demanda à Bernard s'ils lui avaient dit quelque chose et il dit que non, ça devait être un malentendu. Il avait l'air emmerdé. Ils attendirent sous le soleil voilé.

L'Arabe gara le dumper à l'endroit habituel, perpendiculairement à la pelle, comme s'il ne les avait pas vus. Personne ne bougeait. Les deux gendarmes se dirigèrent vers lui, avec tout le temps du monde. L'Indienne les suivit. Il n'avait pas coupé le moteur et, après une courte marche arrière, il repartit, non pas vers eux mais dans l'autre sens, vers le phare des Oublies et les montagnes de sel, c'est-à-dire nulle part, car l'apostrophe de la plage des Oublies s'arrêtait au verrou de ces montagnes, et il aurait fallu, pour les contourner, traverser des cordons de dunes et des marais. Il ne fuyait pas, il s'en allait. Ils tentèrent de le suivre à pied en poussant des hé et des ho comme si ça n'avait été qu'un malentendu. Quand ils comprirent qu'il ne s'arrêterait pas, ils piquèrent un sprint jusqu'à la camionnette, démarrèrent en faisant voler du sable et rejoignirent le dumper en moins de deux. L'Indienne était restée sur place, paralysée. Ils klaxonnèrent, dépassèrent le camion et s'arrêtèrent en travers de la plage dix mètres après lui. Le petit gars descendit et fit des signes.

L'Arabe, après une pause, fit le tour de la camionnette et recula, enclenchant aussitôt la benne comme s'il voulait décharger. Puis il interrompit le mouvement à mi-descente et coupa le moteur. À cent mètres on entendait la gueulante des gendarmes. Roland avait les mains sur la nuque et regardait la mer.

— Je te l'avais dit.

— Roland, ta gueule, dit Bernard sans appuyer mais le mot lui-même suffisait.

Ils virent l'Arabe descendre. Les deux gendarmes, encore agités de sa fuite incompréhensible, lui parlaient mais il ne répondait pas. Le grand essaya de le toucher et il eut un mouvement vif, comme s'il allait le frapper, et l'autre recula. Puis il monta à l'avant de la camionnette. Ils ne ralentirent pas en passant devant eux.

Un temps il ne se passa rien. Puis Bernard dit :

— On a un boulot à finir.

Et, quoiqu'il leur en coûtât, ils le finirent.

Une tombe sans fleurs, ça n'allait pas. Et les fleurs en plastique, ça n'allait pas non plus. Comme Noémie était enterrée à une allée d'Alice — au cimetière comme dans la vie — ce n'était pas un effort pour Juste, une boucle dans sa promenade — un aller-retour d'arrosoir en plus, quelques gouttes sur sa tristesse amère, qui ne fermait pas l'œil.

Depuis quelque temps, Juste s'était mis à boiter, une douleur dans la hanche qu'il avait attribuée à l'humidité, mais la doctoresse lui avait dit qu'il fallait l'opérer, ça se faisait très bien aujourd'hui. Il n'avait pas peur de la douleur et, à tout prendre, il lui paraissait plus convenable de vivre avec celle, familière, qui lui vrillait le côté, plutôt que d'aller se colleter avec les perspectives inconnues de la chirurgie moderne. Il tâchait d'imiter une démarche ordinaire, décomposant au ralenti un mouvement où il n'y avait plus rien de naturel, comme s'il avait réappris à marcher à chaque pas.

En tournant le coin de la route des Pierres, il

vit qu'on l'attendait. Il reconnut le fauteuil de Bernard. Sa colère des premiers temps de l'Arabe était passée, il en restait une couche d'amertume qui s'était ajoutée aux autres.

— Et alors ? dit-il à Bernard en lui serrant la main, troublé par la hauteur à laquelle il se trouvait.

— Alors, dit Bernard, si on avait dit à mon grand-père qu'on se retrouverait à dépiauter des baleines, je crois qu'il aurait arrêté de faire venir les premières machines d'Amérique et qu'aujourd'hui on serait encore paysans.

— Vous seriez morts, alors.

— Tu as raison.

Juste ouvrit son portillon et invita Bernard à prendre l'apéritif. Il ne faisait pas chaud, mais il répugnait à faire entrer chez lui des gens avec qui il n'était pas familier. À y bien réfléchir, tous les gens dont il avait été familier avaient élu résidence permanente au cimetière.

— Qu'est-ce que c'est, cette histoire de baleine ?

Juste l'avait vu dans le journal mais les vraies histoires restaient celles qu'on vous racontait. Bernard lui raconta, lui servant pour le plaisir un récit épique des féroces batailles entre le maire de la ville et celui du village du Sel pour savoir à qui appartenait le cadavre — et donc qui paierait pour s'en débarrasser.

— Une baleine chez nous, dit Juste, c'est des choses qui ne seraient pas arrivées, avant.

— Je me suis renseigné, dit philosophiquement Bernard, il paraît qu'il y en a des centaines qui s'échouent tous les ans.

— Pas chez nous.

Bernard n'était pas venu parler à Juste des baleines mais il s'était installé entre eux ce code ancien selon lequel parler de tout, de rien, et ne pas en venir au fait, ce n'est pas perdre son temps ou le faire perdre à son voisin, mais faire preuve d'une honorable civilité.

— Cette pauvre petite, dit enfin Bernard, avec un signe de tête vers la petite place des Hommes.

— Des types comme ça, la peine de mort ça suffirait même pas… Alors quand tu penses qu'il sera sorti dans quatre ou cinq ans…

— Là tu y vas peut-être un peu fort…

— Avec les avocats ? Ils vont te lui trouver que sa maman a pas été gentille avec lui quand il avait cinq ans et zou ! roulez jeunesse. Dans six ans maximum, monsieur Robert sort par la grande porte. Je te dis que ça ne va pas…

Juste prit du plaisir à lui expliquer pourquoi ça n'allait pas, sujet sur lequel il était intarissable. Et puis il sentait une impatience monter chez Bernard. Peinard, il torturait une feuille de son citronnier.

— Il s'est passé quelque chose aujourd'hui, dit finalement Bernard. Et je me suis dit que je devais t'en parler.

Juste lui versa un peu plus de whisky.

— Les gendarmes sont venus me chercher l'Arabe jusque sur le chantier — pas l'île aux Rats, le chantier de la baleine.

Juste ne disait toujours rien.

— Ils ne m'ont pas dit grand-chose, sinon qu'ils voulaient lui parler de la petite Salabert. Et là il s'est passé un truc un peu bizarre, c'est que l'Arabe, tu vois, c'est pas qu'il a essayé de s'enfuir, mais ça faisait tout comme. Alors je me suis demandé…

— Tu t'es demandé ?

— Je me suis demandé si tu savais quelque chose parce que moi, franchement, je n'y comprends rien.

— Et moi, je comprendrais ?

— Juste, je sais que je t'ai demandé un service et je suis gêné que ça te fasse des ennuis.

— Parce que ça va me faire des ennuis, en plus ?

— Non, je n'ai pas dit ça, je veux dire le dérangement, les gens qui vont et viennent et posent des questions.

— J'y vois quand je veux et je suis sourd quand je veux. Et puis si je me rongeais les sangs à chaque fois que les gens vont et viennent et posent des questions idiotes, je serais mort et enterré depuis longtemps.

— Juste, je ne le connais pas si bien, ce jeune, ce n'est pas un bavard mais il travaille bien, et quand tu croises ses yeux, ce n'est pas un voyou.

— Tu en sais plus que moi, alors.

Bernard baissa les bras.

— Pardon pour le dérangement, Juste. Quand ils le lâcheront, je vais voir à te le déménager le plus vite possible.

— Attends voir.

Bernard avait déjà mis ses gants et il avait posé les mains sur les roues.

— Je n'ai pas dit que c'était le mauvais type, dit Juste. Et puis pour la petite, tout le monde sait que c'est le primate qui lui sert de mari, et il a avoué, alors je ne vois pas ce qu'ils viennent lui picorer sur la tête, à ton Arabe.

— Il ne t'a pas fait de soucis ?

— Non, au contraire. Il a nettoyé le poulailler et il l'a préparé pour le printemps. La cave est propre. Je croyais qu'il n'y avait qu'un demi-fou comme Guillaume pour me l'habiter, eh bien tu m'en as trouvé un deuxième. Et puis il m'a déterré une pierre, une pierre que je ne savais pas qu'elle existait…

Il lui montra la pierre de son père.

— Tu vois, à chaque fois que je la regarde j'ai sa peine qui me revient. Il avait quel âge ? Dix-neuf ans ou quelque chose ? Je me le vois recevant son papier, tu pars à la guerre… Ici, tu sais, on trouvait que c'était un peu loin pour se battre. Alors mon père il est là, son papier entre les mains, et il se dit que sa vie elle va s'arrêter là-bas, dans un fossé plein de boue. Et puis il est parti. Et il est revenu. Et il n'en a jamais parlé à personne, de cette guerre, de ce qu'il avait fait, de ce qu'il avait vu. Personne. La seule chose qui reste, c'est ça. Tu vas me prendre pour un dingue, mais j'en parle avec lui, et il me dit des choses. Tu reprendras une goutte ?

Juste ignora l'épaisseur d'un doigt indiquée par Bernard.

— Tu as raison, dit Juste, ce n'est pas un type qui parle, moi j'ai essayé au début, mais tu comprends qu'il veut rester dans son coin. Alors tu le laisses dans son coin. Et il bosse, tu dis ?

— Très bien. Mes gars ne l'aiment pas mais je m'en fous. Je ne suis pas bien sûr de les aimer, moi, ni qu'ils m'aiment. Ils bossent pour moi, je les paie bien pour qu'ils restent et ne me fassent pas d'embrouilles. Et puis tant qu'ils lui foutent la paix… Même Roland, qui m'a dit de tout quand je l'ai embauché, il ne dit plus trop rien.

— Putain, mais il va nous les faire aimer, les Arabes !

Ils rirent tous les deux. Bernard vida son verre avec une grimace et fit un signe pour dire que cette fois, vraiment, c'était fini.

— Tu es sûr que tu ne veux pas que je le loge ailleurs ?

— Personne ne me dit qui je loge et qui je ne loge pas. Maintenant, si les pandores le gardent sous clé, c'est une autre histoire.

— C'est sûr.

Juste raccompagna Bernard au portillon. Il lui montra la voiture.

— Tu as besoin d'aide ?

— Je me débrouille, dit Bernard.

— Bon.

— Si tu me pliais le fauteuil, ça me ferait gagner du temps.

Quand Bernard fut prêt à démarrer, Juste le retint en posant une main sur la portière avec la vitre descendue.

— S'ils sont venus le chercher, et sur le chantier avec ça, c'est qu'il doit y avoir quelque chose, quand même.

— Roland, au début, il était sûr que j'avais engagé un islamiste.

— Ceux qui font sauter les autobus et se font sauter avec ?

— Tu imagines ici, dans la cour ? Attentat-suicide au village ?

Il s'était mis à bruiner.

— Tu vas voir qu'on aura des inondations, dit Bernard.

— On serait beaux, dit Juste, qui donna une petite tape sur la voiture comme si c'était un cheval.

Il ne savait pas pourquoi un type était entré dans la pièce et avait posé une cigarette devant lui. Une cigarette sans allumette ni briquet. Est-ce que c'était le début de la torture morale ? Ou bien allait-il revenir et lui donner du feu ? De toute façon il ne fumait pas, ce qui aurait pu être utile pour contrôler le tremblement qui s'était emparé de lui depuis la minute où il avait aperçu les gendarmes sur la plage et su qu'ils venaient le chercher. Insidieusement, un lien s'était établi dans son esprit entre cet incident, dont les perspectives ne pouvaient être que terrifiantes, et le souvenir d'avoir tenu l'Indienne dans ses bras, de lui avoir parlé, de l'avoir caressée, embrassée, de s'être abandonné en elle avec rage et douceur. Il lui avait semblé un instant, au creux de la dune de la plage des Oublies, que la peur, la peur qui régnait en lui et ne le quittait pas, était évanouie et, sans doute, il en était né une forme de prétention, un début de défi à la vie. Et quelques heures plus tard, voilà.

« Il faut être fort, il faut être un homme », voilà ce que le grand frère disait, avec une dureté métallique qui trahissait des expériences que lui, le petit, ne pourrait supporter. Quand il se sondait pour trouver en lui ce métal, et qu'il priait Dieu de lui accorder des forces, il ne trouvait rien qu'une matière molle où mijotait sa peur, et sa seule force, sa vraie détermination, avait été dépensée dans la vaine entreprise de se rendre invisible.

Dans la confusion de la plage des Oublies, l'effort qu'il avait fait pour masquer son affolement l'avait empêché d'apprécier ce qui lui arrivait. Était-il arrêté ? Le cherchait-on comme témoin ? Cette pièce était-elle une cellule ? Elle n'était pas inconfortable mais il était gêné qu'elle résonnât — un son-magma qui se réverbérait jusqu'entre ses tempes et se muait en migraine — de toutes les voix, de tous les pas, des portes qui claquaient, des téléphones qui sonnaient dans le vide. Ça l'empêchait de penser proprement, cette histoire. Tout ce qu'il voyait, c'est qu'ils n'allaient pas le laisser sortir, pas comme ça. Le rapport avec la voisine ? Il ne comprenait pas par où c'était venu : on y était.

Les minutes passaient sans qu'il se calme. Il regardait ses doigts bouger tout seuls, et le mal de tête il l'avait pour de bon, et dans les brefs moments de répit une seule idée lui venait avec netteté, c'était qu'ils ne devaient pas savoir qui il était, qu'il n'avait été protégé que caché, caché le plus longtemps possible. Sa vie de rat de cave lui apparaissait comme un éden. Qu'il pût se cacher encore n'était pas une idée rassurante, ni même une idée où traînait la moindre intelligence, mais c'était la seule possible, une ligne de conduite à laquelle il pouvait se tenir jusqu'au moment où il ne pourrait plus et alors là, on verrait.

— Excusez-moi de vous avoir fait attendre.

Il faillit demander au type de répéter. C'était un homme au visage triste et gris, au front large et dégarni. Il avait des yeux bleu pâle, presque gris. Il s'assit à la table de la cellule et l'invita à s'asseoir en face de lui.

— Nous avons eu une petite discussion entre nous, dit Estevan d'un ton quasi jovial, pour expliquer votre attitude curieuse sur la plage des Oublies. Vous voyez à quoi je fais allusion ?

L'Arabe hocha la tête.

— D'après ce que je comprends, on aurait pu avoir l'impression superficielle que vous esquissiez une tentative de fuite.

Estevan ne lui épargnait aucune de ses tournures un peu ampoulées, détachant des groupes de mots à la manière d'un instituteur qui veut aider les enfants dans la dictée un peu difficile du jour. Et puis il attendait que l'autre dise son fait. Rien ne venait.

— J'ai fait remarquer à mes collègues que prendre la fuite au volant d'un camion-benne de trente-cinq tonnes dont la vitesse maximale doit être de quarante kilomètres-heure ne paraissait pas très rationnel. Vous me suivez ? Vous êtes d'accord ?

Une fois de plus, l'Arabe hocha imperceptiblement la tête.

— Vous auriez, de plus, actionné votre benne dans une manœuvre menaçante. Est-ce exact ?

Le même mouvement de tête.

— Il est vrai que vous avez interrompu cette manœuvre, ce qui fait que l'ensemble de cette circonstance, sous un jugement mesuré, peut s'assimiler à un… malentendu. Est-ce ainsi que vous le définiriez ?

Il hocha la tête encore, plus nettement. Estevan commençait à s'agacer mais n'en laissait rien voir.

— Est-ce ainsi, monsieur ?

— Oui.

L'Arabe avait le ventre noué et pensait à un piège du beau langage où il n'aurait pas fallu se laisser attirer, ni par un oui ni par un non. Il tenta de se reprendre. Être fort, être un homme…

— Nous agissons, reprit Estevan, dans le cadre de l'enquête sur le meurtre de Noémie Salabert.

L'Arabe se taisait à nouveau. Il était surpris de tout, de l'allure fatiguée du type, de sa politesse, de ses manières. Sans doute aurait-il dû déjà protester, sauter sur ses pieds et vociférer que ce n'était pas tolérable. La phrase de son frère sur la nécessité d'être fort s'éloignait, et se taire était devenu sa sauvegarde, sa redoute. Il se tut donc.

— Il est apparu, dit Estevan sans se troubler, au cœur de notre enquête, que vous auriez pu avoir des liens avec M. Robert Chardy, mari de la victime, mis en examen pour son meurtre. Auriez-vous quelque chose à me dire à ce sujet ?

Estevan jouait avec ses lunettes demi-lune, feignant de consulter un dossier ouvert devant lui et dans lequel il y avait quelques papiers ramassés à la va-vite sur son bureau. Rien dans les mains, rien dans les poches… L'Arabe n'arrivait pas à comprendre ce qu'il pouvait y avoir derrière ces questions. Estevan soupira.

— Monsieur, vous n'avez aucune obligation légale de me répondre, vous n'êtes accusé de rien et mes questions constituent une simple vérification…

— Je ne connais pas ce monsieur Chardy.

Il le dit si bas que l'autre lui demanda de répéter. Il répéta, à peine plus fort.

— Vous ne l'avez jamais rencontré ? insista Estevan.

— Non, jamais.

— Et sa femme ?

— Je l'ai croisée de temps en temps. Elle habitait la maison d'à côté.

— Quelles étaient vos relations ?

— Un mot, un sourire. Une dame gentille.

— Et sa mère ?

— Pas de relation. Pas de problème.

— Vous êtes sûr ?

L'Arabe tira sur ses poils.

— Je ne sais pas pourquoi il y aurait un problème. On ne se voit jamais, on ne se parle jamais, et je ne lui ai rien fait.

Estevan avait un mauvais goût dans la bouche. Il lui dit qu'ils avaient fini et lui demanda s'il pouvait patienter quelques minutes, on allait lui rendre ses papiers.

Il lui tendit la main et l'Arabe la serra à peine, les yeux à terre.

— Il y a quelque chose que vous voulez me dire ?

L'Arabe secoua la tête après une hésitation.

Il aurait voulu dire au flic qu'au point où il en était, ce n'était pas la peine de lui dire au revoir.

Bernard lui avait proposé de venir dormir chez eux mais l'Indienne, la Sauvage, avait refusé. Elle se sentait en sécurité seule sur l'île aux Rats. L'arrivée sur le lac des chasseurs d'Afrique lui donnait des idées d'ailleurs. Quand la pluie tombait vers le soir, elle était parfaitement seule et appréciait de n'avoir personne à qui parler, et de rouler entre ses lèvres le murmure de poèmes qu'elle n'essayait pas de comprendre et dont les mots se glissaient en elle. Tu ne veux pas de bain ? avait-il demandé, Martine te le coulera, et c'était tentant de dire oui, avec ses vêtements et sa peau imprégnés de l'odeur de pourriture. Aussi, si elle était restée, elle aurait voulu parler de l'Arabe et il aurait tout compris — si ce n'était pas déjà le cas — et elle n'était pas prête à ça. Elle mit les vêtements à tremper et resta sous la douche, les yeux fermés, se savonnant sans hâte toutes les cinq minutes. Le désir de la nuit d'avant somnolait sous sa peau lasse. Comme, enveloppée dans deux serviettes, elle commençait à se détendre, elle entendit appeler. Elle alla pieds nus jusqu'à la porte.

— Qu'est-ce qui se passe ? Qui c'est ?

— C'est Yves.

— Qu'est-ce que tu veux ?

— Ouvre-moi, il pleut.

— Deux minutes.

Elle alla passer un jean et un gros pull, agacée d'elle-même et aussi amusée. Elle retrouva sa gêne sitôt qu'elle eut ouvert la porte.

Il enleva ses lunettes bleues dans un geste qu'il avait dû voir au cinéma, et étudié devant la glace. Derrière lui, le rideau de la pluie enveloppait toute l'île. Si ça continuait comme ça, on ne travaillerait pas le lendemain.

— On n'entre pas ?

Elle recula de quelques pas. Il était debout, dégoulinant sur les carreaux du couloir.

— Tu me croiras si tu veux et pas si tu veux pas, je suis juste venu vérifier que tu allais bien.

— Je vais bien. Tu veux appeler ta femme pour qu'elle ne s'inquiète pas ?

— Ma femme n'est pas du genre inquiet. Bon, maintenant je m'en vais.

Il tourna les talons.

— Je t'offre un café si tu veux.

— Je ne veux pas te déranger.

— Ça ne me dérange pas.

Ils s'installèrent dans la cuisine. Il furetait partout, content d'être là. Elle ne savait pas lui parler. L'eau mettait longtemps à bouillir. Lui, rien ne le dérangeait, et même dans les longs silences il souriait, jouant avec ses lunettes bleues. À la fin du café, il claqua la langue et tira sa chaise pour se trouver près d'elle. Elle se raidit.

— Tu dois te sentir seule ici, de temps en temps.

— Ça va.

Il posa la main sur sa cuisse mais n'eut pas le temps d'ouvrir la bouche qu'elle avait déjà bondi.

— Casse-toi, espèce d'enfoiré !

— Mais je…

— Casse-toi ou je…

— Ou tu quoi ? Tu hurles ? Vas-y, hurle.

Il se leva et ouvrit le fenestron qui donnait sur l'île.

— Hurle, je te dis, ils vont tous rappliquer pour te sauver.

— Putain, tu vas te casser maintenant, Yves.

— J'aime bien quand tu m'appelles par mon prénom. Je trouve ça tendre.

Elle frissonnait de la tête aux pieds.

— Un homme et une femme, seuls dans les éléments déchaînés. Une lumière, un feu, un café — l'intimité, quoi. Qu'est-ce qu'il y a de mieux au monde ?

Elle sortit son portable et il ricana.

— Tu vas appeler tonton Bernard à la rescousse ?

— Je te demande juste de partir.

Il la considéra un instant.

— Ce que j'aime le mieux, avec les femmes, c'est juste avant, tu vois… Après, c'est toujours plus ou moins pareil. Mais avant, c'est riche.

Il remit ses lunettes bleues.

— Merci pour le café.

— Ne reviens pas.

— Tu ne sais pas reconnaître tes vrais amis, l'Indienne.

Il sortit enfin, toujours avec sa nonchalance à deux balles, et elle ne se débarrassa de son tremblement que lorsqu'elle entendit sa voiture s'éloigner. En fermant le fenestron elle s'aperçut qu'il avait cessé de pleuvoir et que les étoiles étaient sorties. Sur le pas de la porte, elle hurla tant qu'elle put — hurla comme pour atteindre le fleuve caché par le remblai, l'usine Palante et les cubes de la centrale nucléaire, mais aucun hurlement ne suffirait à l'apaiser vraiment. Elle ne savait plus si elle était dégoûtée de lui ou d'elle-même, si elle avait échappé à un viol ou à sa propre peur. Le calme ne la calma pas. Il y avait au monde un être qu'elle voulait passionnément aider et cette sensation lui coupait les jambes au lieu de lui donner de la force. De flaque en flaque, l'île aux Rats devenait ce grand lac qu'elle serait à la fin et ce n'était beau que pour les petits enfants ignorant ce qui pouvait se cacher en dessous.

Elle alla vers la cabane de chantier où était encore appuyé le vélo de l'Arabe et l'enfourcha, ses jambes aussi longues que les siennes. Elle prit la route qui longeait le fleuve mais renonça au bout de deux cents mètres, terrorisée par les voitures qui la doublaient sans la voir, à cent à l'heure et plus. Même le retour fut un bref cauchemar. Elle balança le vélo contre la cabane, tu n'appelles pas, pauvre con, tu n'appelles jamais, on peut appeler même quand on n'a pas de téléphone, et d'ailleurs pourquoi tu n'as pas de téléphone ? ayant oublié tous les poèmes et les fragments, sale et reniflant, moche, indésirable sur terre.

Bernard l'appela un peu plus tard et sans qu'elle ait rien dit, ni sur Yves, ni sur rien, lui demanda de l'attendre, il venait la chercher. Elle ne protesta pas.

Martine haute comme trois pommes lui fit un lit tandis qu'elle buvait une tisane à la cuisine. Il y avait des images aux murs, des tableaux, des affiches, des photos — et une tête de taureau mort qui avait la texture d'un morceau de bois blanchi par le sel. Elle regardait les orbites vides de ses yeux.

Bernard achevait son troisième whisky du jour et il n'aurait pas dû mais dans cette vie de merde — et merveilleuse aussi, unique ! — est-ce qu'on avait le choix ? Une chose dont il était content, c'était que toute cette philosophie il se la gardait pour lui.

— Qu'est-ce que tu sais de lui ? demanda-t-elle enfin.

— À peine plus que toi. C'est mon frère Claude, mon frère mon père je l'appelle, parce qu'il est curé le pauvre, qui m'a appelé un jour pour me demander de le prendre.

— Qu'est-ce qu'il t'a dit ?

— Des choses, je ne m'en souviens pas. Qu'il avait besoin. Que c'était un gars bien.

— Et alors ?

— Alors rien.

— C'est un gars bien ?

— Qu'est-ce que tu en dis, toi ?

Elle devina la moquerie.

Le lendemain, quand elle ne le vit pas sur le chantier, elle se souvint que ce n'était pas si simple.

Son frère pouvait bien être en prison, ou pire, et alors ? Estevan n'avait pas besoin d'avoir lu Goethe pour avoir de l'indulgence, une indulgence infinie pour les crimes des autres, ayant le sentiment renforcé par l'âge que c'était par chance, voire par lâcheté, qu'il n'avait de sa vie commis la plus petite offense.

Dans ce cas-là déboulait un juge au nom de guerre, de ceux qu'on voit à la télé, et plus rien à faire qu'attendre que les rouages de la machine fassent leur travail. Ce qui était si difficile dans la vie ordinaire devenait évident. Les escargots administratifs se muaient en bolides de course, et ces clients sans visage et sans importance devenaient une marchandise estampillée « fragile ». Même l'envoyer aux toilettes relevait de la cérémonie et il fallait mobiliser deux gendarmes qui tendaient l'oreille pour vérifier s'il pissait.

Estevan lui en dit le moins possible et, surtout, ne lui reprocha pas son silence. À sa place, à sa place — et voilà qu'il recommençait, inutilement, à vouloir être un autre alors qu'il n'avait pas réussi à être lui-même. Il lui fallait continuer à jouer le même rôle tristement, jusqu'au bout, conscient que sa médiocrité était démasquée de tous les coins.

Pour le coup, le mutisme de l'Arabe n'était pas une politique. Qu'est-ce que tu pouvais dire ? De toute façon, il te faudrait le répéter devant des types infiniment plus coriaces que ce gendarme. Estevan était las — terrorisme, réseau islamique, ça lui donnait mal au crâne rien que d'y penser, ces mots qu'on lisait dans le journal. Quand on avait devant soi un Arabe à face de lune dont le frère risquait vingt ans pour lien avec une entreprise terroriste et préparation d'attentats, quand on avait fait ce qu'il y avait à faire, est-ce qu'on avait d'autre choix que de le rejoindre dans le silence ? Dégagé de ses responsabilités, Estevan ne l'était pas de son amertume. C'était l'histoire de sa vie, l'histoire d'un homme qui n'était pas, à ses propres yeux, « digne de ce nom ».

Les deux hommes étaient face à face, donc, et se taisaient.

Estevan finit par se lever.

Bizarrement, il se pencha à moitié vers lui, comme s'il allait lui donner une accolade, avant d'interrompre le mouvement.

Dans les jours qui suivirent, l'agitation policière, judiciaire et bientôt médiatique — toutes proportions gardées — qui régna autour de l'Arabe fut une diversion bienvenue aux histoires d'inondation — tragédies humaines, héroïsme occasionnel, statistiques de mètres cubes, etc. — qui avaient fini par lasser les « âmes les mieux trempées », comme l'écrivit un localier facétieux. Passée sa déception que l'Arabe, l'Arabe de Juste, n'ait pas été jugé complice dans le meurtre de Noémie (entends-moi bien, ils disent ce qu'ils veulent mais je n'en pense pas moins), Mamine jubilait, tournant en rond dans le village avec sa Ferrari pour vociférer qu'elle l'avait toujours dit, on ne l'avait pas écoutée, un terroriste international, voilà ce qu'il y avait dans la cave à Juste, comme un cloporte, qu'est-ce que je dis, comme une armée de cloportes chimiquement transformés en armes de destruction massive et prêts à dévaster le village et à n'en laisser qu'une masse de mousse blanc, brun et vert. Elle avait toujours été particulière alors on n'écoutait pas trop les détails de ses scénarios catastrophes, mais elle était à plaindre, ce qui chez nous est un bienfait jamais perdu. Et puis ce mot de terroriste sonnait fort, et l'histoire du frère en prison, les voyages secrets dans des pays en «-stan », une filière de préparation d'attentats, des produits chimiques commandés par Internet et qui — si ça se trouvait — étaient stockés dans la cave, chez Juste — pourquoi tu crois qu'un être humain irait se loger dans un endroit pareil ? Il se rajoutait des détails à chaque conversation, au moment où l'on baissait la voix car, à toutes les époques, des oreilles ennemies nous écoutent. On avait les chocottes, malgré tout pas peu fiers d'être à ce moment de l'histoire, des habitants d'un village qui était peut-être le centre de la lutte globale contre la terreur. Il y avait de nouvelles questions tous les matins, est-ce que Bernard était au courant ? est-ce qu'on avait fouillé la cave ? est-ce que l'Arabe avait avoué ? est-ce que cette cinglée de Mamine n'avait pas raison, au fond, et Noémie avait été assassinée parce qu'elle avait vu quelque chose qu'elle n'aurait pas dû et l'Arabe n'était pas complice de Robert, mais Robert complice de l'Arabe ? Putain, ça en ouvrait, des perspectives, surtout que de la gendarmerie ne sortait aucun bruit. Avec un peu de chance, disaient les anciens, ils lui font des techniques d'interrogation un peu poussées, parce que ces gars-là, c'est des durs, ils sont endoctrinés pour résister. Jusqu'où l'histoire pouvait aller, on en avait pas idée, surtout quand les journaux nationaux s'en mêlèrent et qu'on trouva sur Internet une photo de la petite place des Hommes. Si ça se trouve, on serait devenus les pauvres gens dont il est question dans les catastrophes, naturelles et autres, et dont on dit seulement, oh mon Dieu, les pauvres, oh mon Dieu.

Le jour où les gendarmes étaient venus fouiller la cave de Juste, tu parles comme Mamine était là, malgré la pluie, et ils avaient dû l'empêcher de descendre avec eux — il aurait fallu un treuil, de toute façon. Ils l'avaient suivie jusqu'au poulailler, parce que c'était clair comme le jour, sûr comme deux et deux font quatre, et ces imbéciles n'y avaient pas pensé ou alors il y avait des complicités jusque dans la gendarmerie et là c'était à te donner le vertige, s'il planquait des trucs c'était au poulailler, pas un hasard s'il s'était mis à aimer les salades. S'ils trouvèrent quelque chose ils ne le lui dirent pas malgré son picorage, et quoiqu'elle les eût agonis d'injures à leur départ, elle trouva dans l'événement une satisfaction terrible, même si au bout du compte on n'était pas encore définitivement débarrassés de l'Arabe, c'était enfin le début de quelque chose ou alors notre pays n'était plus une démocratie mais, autant le dire tout de suite, le pays des Arabes — et après tout, c'était peut-être ce qu'on méritait en punition de nos péchés, comme le sida et les explosions nucléaires, la pollution et les expériences dégueulasses sur les animaux, la liste est longue et je préfère ne pas en dire plus.

Les mots lui débordaient en écume de la bouche, prêtresse d'un culte éructant qui avait fait rire et murmurer au village avant de trouver ses adeptes, vu que dans le journal un poète quinquagénaire (celui des « âmes les mieux trempées ») interpellait les plus hautes autorités sur le point de savoir si abriter des fratries d'Al-Qaida et autres ce n'était pas un peu comme de laisser l'anthrax en vente libre. Bien sûr, il n'avait rien contre l'islam, et encore moins contre les millions de musulmans qui pratiquaient leur religion paisiblement, mais il y avait des cas où l'indignation était un devoir de citoyen, il y avait des cas où dire non était un devoir moral.

Mamine achetait le journal et elle le faisait acheter à José, qui ne le lisait pas même s'il était d'accord, et elle découpait des articles pour David, et se promenait dans le village, une main sur le volant de sa Ferrari, une main brandissant la feuille de chou comme une arme. On menaçait de lui prendre Trevor, de le placer dans un foyer ou une famille d'accueil, sous des prétextes dont elle refusait de comprendre le premier, tant cette administration était corrompue, qu'on puisse envisager de briser des familles qui étaient déjà brisées. Elle hurlait à qui voulait (et même à ceux qui ne voulaient pas) l'entendre que le gamin était à elle, qu'un Arabe lui avait retiré sa fille et que c'étaient des Arabes, sûrement, ou infiltrés ou achetés, qui menaient l'entreprise souterraine et sournoise de lui voler tout ce qui lui restait du sang de Noémie et de sa souffrance, son merveilleux petit-fils. Pour se consoler elle le nourrissait sans arrêt, elle-même en proie à une faim qu'on ne pouvait pas satisfaire, à un désir de sucre qui dégoulinait sur ses lèvres et son menton, engloutissant des paquets de guimauve et des animaux mous de toutes formes et couleurs, au goût de lessive sucrée, avalant des boissons gazeuses, tout, pourvu que ce soit chargé de sucre.

Juste, on le voyait à peine. Il vaquait à ses affaires la hanche basse, ignorant ou feignant d'ignorer que son nom revenait souvent siffler sur les lèvres de Mamine, serpent qui avait introduit le mal au village et l'avait réchauffé à son vieux sein desséché. On avait, un matin dans les boîtes aux lettres du quartier des Pierres, trouvé une lettre anonyme signée « les Vrais Amis du Village » qui le dénonçait sans le nommer et tapait sur le maire, son complice. Ça sentait sa Mamine, ou bien son frère, ça sentait le Salabert, quoi. Juste s'en foutait, il était au-delà de la crainte qu'on parle mal de lui, c'était plutôt qu'ils y viennent qu'ils y viennent.

Il avait dû, à cause de sa hanche décroissante, renoncer à son tour de vélo du matin — et pour marcher il ne s'autorisait que le strict nécessaire : le jardin, l'appentis, les courses. Pour le reste il prenait sa voiture. Le soir, ça lui faisait bizarre de ne plus avoir l'Arabe sous lui, dire que ça lui manquait, non, mais il s'était habitué à sa présence plus vite qu'il n'aurait cru. Quant aux affaires de terrorisme, il n'était pas encore clair lequel de son scepticisme ou de son pessimisme radical allait l'emporter. Tout ce qu'il voyait c'est que son impression de l'Arabe, sans être bonne, ne changerait qu'au rythme choisi par lui, et non d'après ce que disaient le journal et — encore moins — les infatigables langues de pute du village.

Deux gendarmes vinrent l'interroger et il leur en dit le moins possible.

Après leur départ, il descendit à la cave un vieux chauffage électrique et le brancha sans l'allumer.

Les quarante-huit heures de garde à vue étaient devenues quatre-vingt-seize, une succession de petits films brefs et violents où tout se répétait plus ou moins — les visages, les questions, les menaces — et tout changeait sans cesse. Dans la vie ordinaire, l'alternance des jours et des nuits nous dissimule les variations que nous offre le temps, effrité en fragments ou bien étiré jusqu'à l'infini de l'extase ou de l'ennui. Dans cette vie-là, il entendait son souffle à chaque instant, son attention si extrême qu'il devinait au son de la porte, au bruit des voix, au pas dans le couloir, que c'était pour lui. Ils ne le dérangeaient pas dans son sommeil car il avait le sommeil impossible et avait appris à récupérer rien qu'en fermant les yeux quelques minutes. Sa fatigue, son épuisement le tranquillisaient.

Il avait deviné que les types venaient de loin, d'une direction capitale qui luttait spécialement contre les types comme lui. Ils étaient deux, dont l'un qu'il avait surnommé l'homme aux gâteaux — certain toutefois que les gâteaux faisaient partie de son histoire, lui en offrir, en manger devant lui, les laisser sur la table en sortant, etc. Assez vite, il était devenu indifférent à leurs gentillesses comme à leurs méchancetés, à leurs simulacres de violence ; il se rétractait quand ils se levaient et faisaient la grosse voix. Le plus petit, un gars sec qui, au physique, ne payait pas de mine avec ses bras minces de joueur d'échecs, tapait sur les murs pour lui expliquer ce qui lui arriverait bientôt s'il ne les aidait pas. « Aider », c'était le mot qui revenait. Ils savaient qu'il n'en était pas un, de terro, mais est-ce qu'il se rendait compte des trucs dans quoi son frère avait trempé ? Des trucs graves, et en le protégeant il n'avait pas idée des ennuis qu'il se préparait, alors que s'il les aidait, ils ne promettaient rien mais ils feraient ce qui était en leur pouvoir pour limiter ses ennuis. Peut-être il n'irait même pas devant le juge, une possibilité qui valait la peine d'un effort de réflexion, non ?

Ils ne le frappaient pas mais leur violence l'enveloppait, le serrait de près, lui montrant que si ça n'allait pas comme il fallait, ça pourrait mal tourner pour toi. Une fois, ils lui laissèrent un lecteur de DVD avec un film qui racontait l'histoire d'un type qui se fait violer en prison. Ils lui demandèrent s'il avait aimé et il leur dit qu'il ne l'avait pas regardé. Le cauchemar de la scène où le type se fait violer le poursuivit, et plusieurs fois ils le trouvèrent en sueur dans sa cellule et quand ils lui demandaient si ça allait ou quoi, il disait pas de problème, avec l'aide de Dieu, ça va.

Même leurs plaisanteries avaient un goût de sang — tu as entendu parler de Guantanamo, tu as sûrement des bons potes là-bas, eh bien figure-toi que nous aussi, mais pas du même côté, et si tu continues à nous faire chier avec ton attitude de merde, on te jure que le gouvernement est avec nous, il négocie un accord où des types comme toi on peut les exporter là-bas, pas officiellement je te rassure parce que officiellement on n'est pas comme eux, on est super respectueux des droits de l'homme, mais t'inquiète pas dans les cas graves on sait y faire et s'entendre avec nos copains, juré de chez juré que tu peux te retrouver avec une cagoule sur la tête dans un avion pour Cuba, alors arrête ton cirque, tu n'es même pas un mauvais mec, ne sois pas ridicule, tu couvres des salopards qui n'en ont rien à foutre de toi, et tu nous prends pour des cons, et ainsi de suite pendant des heures, le jour, la nuit.

Peut-être en rêve, il voyait Estevan s'asseoir devant lui sans lui poser de question, avec son visage triste et ses yeux bleu pâle toujours au bord des larmes. Il se relevait comme un automate et l'autre lui faisait signe de rester allongé. Si c'était — comme les cigarettes et les gâteaux — un piège psychologique, il ne comprenait pas lequel et finit par y céder. Le quatrième jour, il dit aux anti-terroristes que, sans les vexer, il ne voulait rien leur dire à eux, mais au gendarme. Le gendarme, ils savaient à peine qui c'était et ils partirent se renseigner. Estevan eut l'air emmerdé et le petit flic essaya de l'avoiner, l'accusa d'avoir magouillé ça pour rester dans le coup. Estevan lui dit qu'il n'en avait rien à foutre de rester dans le coup, il n'avait rien demandé, et il n'avait pas besoin de ça, besoin de rien en fait, et s'ils ne voulaient pas, qu'ils aillent se faire foutre eux-mêmes et se livrent aux activités essentielles que des minables comme lui ne pouvaient même pas comprendre. Le flic aux gâteaux calma le petit et ils partirent en conciliabule dans le couloir. Ils revinrent avec une liste de conditions. Vous voulez quoi ? dit Estevan. La vérité, dit l'homme aux gâteaux. Putain, vous êtes d'une exigence, ça me fait peur. Pour une fois il va falloir que je sois à la hauteur.

Plaisanterie à part, il n'était pas spécialement content, gagné par l'impression désagréable que c'était lui qui était au bord de la mise en examen, de l'incarcération, et que chacune de ses paroles pouvait être retenue contre lui. Il lui avait fallu toutes ces années pour se rendre compte qu'on était assis à la même table que le type, dans la même cellule, et qu'une petite erreur, peut-être, suffisait à nous mettre à sa place. À l'époque où lire des livres était encore le sens caché de sa vie et où il prenait des notes frénétiquement, recopiant les phrases qui lui plaisaient, et cherchant le mystère des autres et de lui-même au cœur de ces milliers de pages, il avait été frappé sans bien la comprendre par une histoire dont le héros était un médecin qui se retrouvait dans le pavillon des fous sans avoir rien fait de mal et même, en ayant essayé de faire un peu trop de bien. Est-ce que d'avoir parlé à cet Arabe comme à un homme et non une bête, ce n'était pas le commencement de cette même erreur ? Est-ce qu'au lieu de la retraite brève et honorable qui s'annonçait, il n'allait pas se retrouver banni, dégradé, chargé de poser des radars au bord des routes ? Ce qu'il en avait marre, de tout ça ! Il tendit la main à l'Arabe en entrant dans sa cellule.

— Tu as faim ? Tu as besoin de quelque chose ?

Il avait les joues creusées et sa barbe clairsemée avait poussé. Qu'on lui mette un Coran (qu'il n'avait pas réclamé) entre les mains et il aurait la tête de l'emploi. Toujours ces mêmes questions, pensa-t-il, et moi, non, je n'ai besoin de rien.

— Si vous vous mettez à disparaître, demanda-t-il à Estevan, ça commence par où ?

— Qu'est-ce que tu veux dire ?

— Il y avait ce film, c'est le premier film que j'ai vu à la télé en arrivant, ça s'appelait *L'Homme invisible*...

— Je crois que ça dépend des gens, dit Estevan. Moi ça serait par les pieds.

— Moi les mains.

— Pourquoi les mains ?

— Une impression, juste. La tête en dernier.

Ça doit être bizarre, une tête qui flotte toute seule et qui s'efface. Et puis elle parle encore.

C'était encore un livre qu'Estevan avait lu — et la fin dans le livre n'était pas la même que dans le film. Le type, tout invisible qu'il fût, se faisait massacrer par les braves gens coalisés. Au lieu de lui offrir cette perspective déprimante — et ayant peur de voir surgir à tout instant l'un des deux flics lui demandant s'il était là pour discuter cinéma et littérature —, il lui commanda un sandwich thon-crudités et un café. L'Arabe ne buvait que du café, noir, avec beaucoup de sucre, il en redemandait toujours un morceau. Il mordit dans le sandwich, pensivement, semblant ne manger que parce qu'il n'y avait rien de mieux à faire avec sa bouche. Puis il remit le sandwich dans sa pochette en papier, gardant juste la serviette pour s'essuyer.

— Je peux te poser une question ? demanda Estevan.

— Vous pouvez toujours.

— Ton nom, il n'est pas arabe ?

— Non, berbère. Les Arabes, on ne les aime pas beaucoup chez nous.

— Chez nous pareil.

Ils ne rirent ni l'un ni l'autre, affaire de situation sans doute. L'Arabe attendait.

— Bon, dit Estevan, on peut parler de ton frère ?

L'Arabe se mit à parler.

À la fin de la journée de chantier, l'Indienne, la Sauvage, n'avait rien fait de bon. Entre Yves, qu'elle surveillait du coin de l'œil, et l'horizon, où elle s'attendait à tout instant à voir surgir la silhouette de l'Arabe, elle avait la tête à l'envers. Aucun des bruits familiers, le ballet des engins, le bip bip de la drague line quand elle plongeait son godet, le ronronnement de la trémie — rien du retour à la routine ne la soulageait et elle enchaînait les petites conneries.

Pour tout arranger, elle se fit gueuler dessus par Roland et elle gueula plus fort que lui, par réflexe. Le vieux se tourna vers Bernard, l'air de dire moi j'en sais rien, qu'est-ce que tu veux faire avec des numéros pareils ?

— Qu'est-ce qui se passe ? demanda Bernard de sa voix habituelle.

— Il se passe que ton dogue m'aboie dessus, comme il fait cent cinquante fois par jour et avec le même effet que d'habitude : je m'en fous.

— Qu'est-ce qu'il y a ?

— Rien.

— Alors pousse-moi. J'ai cette putain d'épaule gauche qui me fait mal.

Elle ne l'avait jamais vu se faire pousser, même par Roland, même par Martine.

— Vers où ? demanda-t-elle.

Il lui montra le remblai et le fleuve.

— Emmène-moi là-dessus, je crois que je n'y suis pas encore monté.

Ça n'était pas facile sur le sentier tracé dans la pente et elle dut s'arc-bouter. Il poussait sur les roues en même temps. Quand ils furent sur la digue, il lui dit de l'approcher du fleuve, encore, encore, si bien qu'elle prit peur, un peu.

— Tiens bien.

Elle ne comprenait pas ce qu'il voulait dire. Sans expliquer, il tirait sur les bras pour avancer le fauteuil à la limite du basculement sur l'autre versant de la pente, vers le fleuve, l'obligeant à le retenir de toutes ses forces. Au moment où elle allait lui demander d'arrêter, il pivota, lui échappant, et esquissa une manière de pavane sur deux roues en murmurant un vieil air de tango. Il tendit les mains vers elle et, maladroitement elle les prit, tâchant de suivre ce rythme qu'elle ne connaissait pas sans trébucher. Au bout de quelques minutes il cessa. Ils étaient tous les deux en sueur. Il regardait le fleuve gris. Enfin il se tourna vers elle.

— Qu'est-ce que tu veux ?

— Là, je voudrais partir.

— Non.

— Pourquoi non ? Je suis la plus mauvaise et la plus nulle. C'est Roland qui l'a dit.

Il eut un geste d'impatience.

— Qu'est-ce que tu ferais si tu partais ?

— J'irais voir ton frère.

— Mon frère mon père ? La Sainte Vierge t'a parlé ?

— Non.

— De toute façon tu ne pars pas.

— Alors laisse-moi deux jours.

— Non.

— Je ne t'ai jamais rien demandé.

— J'aurais dû me méfier.

— J'y vais même si tu m'interdis.

— Je ne t'interdis rien, je te dis juste que tu n'y vas pas. On est déjà courts, alors si tu manques en plus…

— Il va faire un temps de merde.

— J'ai entendu le contraire à la météo. Douceur exceptionnelle. Réchauffement climatique. Tout ça.

— Quelle météo tu as écoutée ?

— Toutes, je les écoute toutes.

— Tu ne lis pas le journal, tu n'écoutes pas la radio et tu ne regardes pas la télé.

— Toi non plus.

— J'ai des prévisions meilleures que les tiennes.

— On va l'appeler, mon frère.

— Tu me fais chier, boss.

— C'est pour ça que tu es payée.

Claude, le frère de Bernard, fut là le soir même et elle s'étonna de les voir l'un à côté de l'autre, n'ayant rien en commun que le sourire, Claude le visage rond et vif, les joues roses, avec sa maigre barbe qu'il étirait en même temps que les yeux quand il faisait des blagues, ce qui était souvent. Il lui parla de l'Arabe et de son grand frère, un dandy qui avait eu des petits soucis dans la cité avant de disparaître un jour, retour au pays, disait-on, dans le berceau des montagnes, école coranique disait-on, camp d'entraînement, disait-on, et le petit continuait à jouer au foot et à s'occuper de sa maman, le père on le voyait tous les deux ans, un musicien folklorique qui faisait des tournées et fabriquait de par le monde des enfants aussi facilement qu'il maniait les instruments de musique.

Ils étaient assis sur la terrasse de Bernard, face à l'abricotier et au muret où il s'était cassé la gueule. L'Indienne, la Sauvage, se disait qu'à sa place elle aurait tout cassé, arraché et brûlé l'arbre, et elle n'y était pas, à sa place, ce n'était pas le genre de place où on se met facilement. Elle commençait à repérer les grimaces qu'il faisait, et cette façon qu'il avait de se retourner vers Martine pour lui demander quelque chose les lèvres fermées. Dans la cuisine, il y avait une photo d'eux deux, bien des années plus tôt, marchant sans se regarder et pourtant si proches qu'elle en trouvait ça chiant. C'était dans les livres qu'on s'aimait comme ça, pas en vrai.

Quand il fit froid, ils rentrèrent à la cuisine et Martine s'assit avec eux.

— Ce que je n'arrive pas à comprendre, dans votre histoire, dit l'Indienne à Claude, c'est ce qu'il a fait exactement.

— Il n'a rien fait exactement, dit Claude. Il est le frère d'un type qu'on vient d'arrêter à son retour d'un pays où il n'aurait pas dû aller et qui, d'après ce qu'on a lu dans le journal, faisait joujou avec des produits chimiques qui ne se trouvent pas dans les boîtes qu'on offre aux enfants.

— Ça ne dit pas si le petit frère est impliqué.

— Ça ne le dit pas exactement. Ça ne dit pas le contraire non plus. Dans ces cas-là, les Hautes Autorités, chargées par le Peuple de sa Bienheureuse Sécurité, savent que tout est permis et qu'on n'en est pas à un Arabe de plus ou de moins, même si cet Arabe se trouve être berbère. Le Peuple, bien instruit par toi, te dit : « Coffre-les tous, et Allah reconnaîtra les siens. »

L'Indienne n'arrivait à rien dire.

— Tu le vois, en terro ? demanda Bernard.

— Quand tu commences à parler comme ça, tu n'es pas dans la merde... Nous qui ne sommes pas les Hautes Autorités chargées par le Peuple de sa Bienheureuse Sécurité, nous avons pour mission de continuer à considérer chaque être humain pour ce qu'il est, et non à les classer en « terros » et « non terros ». Il peut se passer des choses dans la vie... Si tu me demandes pour lui, je ne crois pas que je te l'aurais envoyé si j'avais pensé que le type pouvait être dangereux. Je pensais que c'était un type en danger, c'est la différence. Un type gentil, un peu faible, un peu naïf, un peu impulsif, un type avec du cœur et de l'intelligence, qui attend d'être exposé à des choses différentes pour s'ouvrir, un type qui cherche sa voie et — s'il n'était pas arabe, ou même berbère — n'aurait pas ce parcours du combattant pour se trouver une vie. Et j'entendais parler de ce frère, rien que de dire son nom dans la cité c'était évoquer un caïd. Et je me disais que si ce frère demandait quelque chose à mon doux agneau perdu, je n'étais pas sûr qu'il saurait dire non. Alors j'ai pensé qu'il serait mieux plus loin que plus près...

— Est-ce qu'il lui a demandé quelque chose, le grand frère ? demanda l'Indienne.

— J'espère que non. J'espère qu'il est venu me voir avant de faire une connerie plutôt qu'après l'avoir faite.

— Tu espères ?

Claude sourit plus large.

— C'est mon business, l'espérance, c'est mon kif, c'est mon trip... Si je n'ai pas l'espérance, je suis dans la merde. Ça te rappelle quelque chose ?

— Non. Et ça ne me dit pas ce que tu peux faire pour les autres, ceux qui n'espèrent pas particulièrement.

— Démerdez-vous, les enfants. Il faut bien qu'on arrive à vous rendre jaloux de temps en temps, ma jolie. Sinon ça ne serait pas drôle.

Martine coucha tout le monde et l'Indienne fut soulagée de ne pas avoir à rentrer dans la petite ferme des Russkoffs. Elle était sûre que toutes les nuits, désormais, elle serait réveillée par les coups sur la porte d'Yves et sa voix nasillarde plutôt que par les mains nouées et tremblantes de l'Arabe qui n'en était plus un. Elle se tournait sans cesse, et disait de se taire aux grenouilles dans la rizière voisine, sachant qu'elles ne se tairaient pas.

Une heure avant sa libération, de but en blanc, Estevan dit à l'Arabe qu'il avait un cancer.

— Pourquoi vous me dites ça ?

— Pas de raison.

— Il doit y en avoir une.

— Parce que tu n'es pas bavard.

— À qui vous voulez que je répète un truc pareil ?

— Tu vois, tu as tout compris.

L'Arabe n'insista pas. L'homme aux gâteaux et le petit type, pas spécialement jouasses, étaient venus lui annoncer, quelques minutes plus tôt, qu'ils le lâchaient, qu'il serait ou ne serait pas convoqué comme témoin par le juge et d'autres trucs encore qu'il n'avait pas écoutés. Il aurait dû être content.

— Tu te souviens que tu n'as pas le droit de sortir du pays ?

L'Arabe se mit à rigoler.

— Avec le mal que j'ai eu à y entrer, c'est pas demain la veille que j'en sors.

— Tu te souviens que tu ne peux pas déménager sans prévenir ?

— J'aime trop ma cave.

— Quand le juge te convoquera, tu dois y aller et lui parler comme tu l'as fait avec moi.

— Et lui, il me parlera comme vous ?

— Contente-toi de lui répéter ce que tu m'as dit, et si c'est vrai, tu n'as presque pas de souci à te faire.

— Si c'est vrai ? Presque pas de souci ?

— Si c'est vrai, oui. Pour le reste, ton frère t'a foutu dans la merde, et ta mère avec vous. Si elle lui a envoyé un mandat, si tu as accepté de garder un paquet dans ta chambre pour lui rendre service, vous voilà des malfaiteurs associés et par les temps qui courent ça fait partie des dangers pour la société. Tu comprends mieux ?

— Vous croyez que je vous ai menti ?

— Ce que je crois n'est pas très important. Si je te dis que je te crois, tu es content ? Mais ce n'est pas moi qui ai le pouvoir… Regarde, il y en a un qui a déjà laissé filer de fausses infos vers le journal et tu es en photo à côté de ton frère. « Une famille terroriste au village ? », il y a écrit. C'est dans le journal, donc c'est vrai.

— Mais c'est pas vrai !

— Maintenant, si.

— Mon frère ne sait même pas où je suis.

— Il ne connaîtrait pas ton nom que ça serait pareil. Encore heureux qu'il y ait un point d'interrogation.

— L'année où je suis parti du pays avec mon

frère et mes parents, il y avait une inondation, pire qu'ici. Toutes les maisons dans le fond de la vallée avaient été emportées, et les animaux, les blés, l'orge, les pommiers, les noyers. Quand j'ai vu l'eau ici, j'ai cru que ça allait être pareil, l'eau arrive, je m'en vais.

— Tu n'es pas si important.

— C'est pas ce que je dis, vous charriez…

— Je plaisante. Tu es comme mes collègues, tu n'as pas le sens de l'humour. Enfin, pas celui de mon humour.

— Si, c'est drôle.

— Tire-toi avant qu'ils ne changent d'avis.

Se tirer pour quoi faire ? Il s'était déjà tiré…

— Tu pars comment ?

— Vous m'avez pas commandé un taxi ?

— C'est toi qui es drôle.

— À pied.

Estevan l'accompagna vers la sortie. « Prends soin de toi », entendit-il derrière lui, et il ne se retourna pas. C'était encore la lumière grise de l'hiver et, dans les faubourgs de la ville, on voyait des gens silencieux occupés à brosser leurs murs et à accrocher des photos mouillées sur des cordes à linge. Le bric-à-brac de leurs vies séchait dans les jardins. Des pompes à eau électriques passaient dans chaque maison et les assureurs rassuraient les assurés que sans aucun doute les remboursements iraient très vite. Tout doucement on recommençait à faire des blagues. « La vie reprend ses droits », avait écrit le poète dans le journal. Et encore, sous la photo d'une carcasse de voiture retournée : « Plus jamais ça ».

Il longea le fleuve, hésitant à se rendre sur l'île aux Rats pour récupérer son vélo, puis choisit d'obliquer par la route de la Vallée. On voyait encore les creux et les bosses du paysage, des collines qui avaient émergé des marais et où des bêtes à écailles puis à poils étaient, avant les hommes, venues s'accrocher. Çà et là, des flaques jaunes luisaient. Au carrefour qui avait abrité le QG nautique, deux barques étaient à sec, renversées sur un trottoir, et quelques dizaines de mètres de tuyaux gisaient comme des intestins arrachés.

L'Arabe avait dans sa poche une copie des deux articles du journal qu'il n'avait pas lus, comprenant au récit d'Estevan que ça n'était pas gentil. Il marchait vite, le ventre creux, la tête vide, avec pour objectif unique de rentrer chez lui, dans sa cave, dans le jardin où on lui foutrait la paix et on ne lui parlerait de rien. Il prit une rincée glaciale à l'entrée du village. La pluie cessa aussitôt et il ne resta plus que le vent cinglant, vicieux. Oiseaux couleur mastic en tourbillons, venant d'une décharge. Une voiture ralentit à sa hauteur et s'arrêta presque. Il marchait vite dans le village, et c'était ça, chez lui, c'était ça, rentrer à la maison. Au Café des Vents il n'y avait personne et il s'installa à un bout de comptoir pour lire les articles. Il les relut, son doigt posé sur les mots qu'il n'était pas sûr de comprendre. Il paya son café et sortit. De l'autre côté de la mer, sa vallée de montagne était toujours inondée — et dans sa vie, tout finissait toujours par un lac d'eau boueuse.

Il passa le carrefour et s'engagea sur la route des Pierres. Des bruits dans l'atelier de Juste qui pointa la tête alors qu'il hésitait encore à le déranger. Le vieux lui serra la main. C'était la première fois.

— Alors ?

— Je suis venu chercher mes affaires.

— Tu t'en vas ?

— Je ne veux pas vous faire de soucis.

Il sortit de sa poche les deux articles et les lui montra. Juste prit les papiers entre ses mains, extirpa ses lunettes de la poche ventrale de sa salopette et les examina longuement. À son tour, il lui montra le papier orange de la lettre des « Vrais Amis du Village ».

— Tu vois, tu fais parler.

— Je dérange.

— Tu as fait quelque chose de mal ?

— Non.

— Si ce n'est que pour moi, tu peux rester.

— Non.

— Plus têtu que toi, il n'y a peut-être que moi, par ici. Et laisse-moi deviner : je parie que si tu n'as rien mangé, c'est parce que tu n'as pas faim ?

L'Arabe se tira les poils du menton.

— D'accord, dit-il.

Juste le fit asseoir dans la cuisine mais il se levait sans cesse, à lui donner le tournis. Il but de la grenadine — une bouteille qui était là depuis les années Caroline, va savoir ce qu'elle pouvait encore avoir comme goût. Il mangea du pain frotté avec de l'ail et de la tomate, et du fromage.

— Méfie-toi de ceux d'en bas, dit Juste quand il eut fini.

— Pourquoi ? Je ne leur ai rien fait.

— Tu ne t'es pas demandé pourquoi on t'avait arrêté ?

Ça semblait à l'Arabe une de ces choses qui arrivent comme la pluie ou le rhume. En marchant vers chez lui, il se le demanda. Qu'est-ce qu'il y pouvait ?

Il trouva la cave sens dessus dessous et se mit à ranger, laissant la porte ouverte pour que l'air entre. Il prit une douche et se rasa avant de se coucher, les cheveux encore mouillés. Il bandait en pensant à l'Indienne mais il ne se toucha pas. Il dormit, d'une traite, il n'avait pas dormi ainsi depuis longtemps.

Il fut réveillé par le bruit d'une balle dans la cour.

Il se leva d'un bond, se passa le visage à l'eau et sortit. Le petit garçon, Trevor, jouait. Il lui envoya le ballon et l'Arabe le lui repassa après avoir jonglé — pied droit, pied gauche, tête, poitrine, genou. Le petit dit encore. L'Arabe recommença, puis se plaça derrière le petit pour lui montrer la position du corps. Il lui posa une main sur l'épaule.

À cet instant il y eut un hurlement et une masse déchira l'air pour venir le renverser.

L'Arabe arriva sur l'île aux Rats avec un coquard et le nez égratigné. Il boitait plus bas que d'habitude et Bernard, qui venait d'organiser le plan de travail de la journée avec Roland, le croisa là où le chemin d'accès au chantier se rétrécissait et où, dans un renfoncement, la vieille niveleuse attendait la prochaine allée.

— Qu'est-ce qui t'arrive ?

— Des trucs un peu bizarres.

— Les flics ?

Il secoua la tête, ne voulait pas en dire plus. Bernard le fit monter avec lui et ils allèrent en silence jusqu'à Roland qui manœuvrait le scrap.

— Je le mets sur le troisième dumper ! dit Bernard.

Roland hurla quelque chose qu'il n'entendit pas.

— Tu tombes bien. Après le bordel des dix derniers jours, Palante est pressé qu'on augmente la cadence. Ça ira ?

Il fit signe que oui et fila, sans demander son reste.

— Tu es sûr que ça va ? gueula Bernard.

Toute la matinée, ça tourna vite et bien, sans à-coups, comme il faut. Même le Roland ne trouva pas de prétexte pour pousser une de ses gueulantes. Quand l'Indienne croisait l'Arabe, elle s'efforçait sans grand succès de ne pas le regarder. Dans un film américain elle aurait arrêté son dumper et lui le sien et ils se seraient sauté dans les bras, mais les films américains, en règle générale, existaient pour vous rappeler que ça n'était pas ça, la vie. Et puis elle lui en voulait, à ce salaud, de ne pas s'être démerdé pour lui faire signe, et de ne même pas avoir l'air de la reconnaître.

Ils s'arrêtèrent en même temps à la pause déjeuner et c'est à ce moment-là seulement qu'elle le vit blessé. Comme d'habitude, Yves, Guy-Claude et les autres repartaient manger chez eux. Il s'occupa en attendant à examiner son vélo. Quand le bruit du dernier moteur se fut éloigné, elle se plaça derrière lui.

— Alors, mon gars, ça va ?

— Il y a la chaîne qui saute, il faut que je règle ça.

— Attends, je m'en fous de ton vélo, je te demande…

— Moi je ne m'en fous pas, de mon vélo.

Elle alla se réfugier dans sa cuisine et puis sortit sur la terrasse, pour l'avoir à l'œil, au moins, même si l'œil larmoyait. Depuis des jours elle essayait en vain d'apprendre un poème qui s'appelait « Tentative de jalousie ». Elle l'était, pourtant, jalouse, bon sang, et si ce n'était pas d'une femme, est-ce que c'était mieux pour autant ? Aussi bien elle aurait pu lui balancer le bouquin à la gueule.

Quand il eut fini son bricolage il vint vers elle, s'essuyant les mains pleines de cambouis sur son survêtement.

— Dis-moi ce qui se passe, demanda-t-elle.

Il lui parla de son frère, de l'instruction, d'Estevan, et confusément elle sentait qu'il en gardait pour lui, qu'un homme était derrière l'homme qui était là et qui parlait, parlait sans mentir, sans dire la vérité. Sa rage se mua en lassitude.

— Et ça ? dit-elle en montrant les blessures sur son visage.

— C'est rien, dit-il.

Il ne comprenait toujours pas ce qui était arrivé le matin, la grosse voisine qui lui était tombée dessus, l'avait traité de tous les noms et lui avait dit de ne pas s'approcher du petit, ou sinon elle le tuait, des types comme lui ils auraient dû ne pas être là, ne pas exister, on n'avait pas besoin d'eux et ses airs ne la trompaient pas, elle. Il s'était souvenu de ce que Juste avait dit et avait, enfin, compris d'où venait l'accusation de complicité. Sur le moment il ne s'était pas rendu compte qu'il saignait d'ici et de là, seulement abasourdi par cette pluie d'insultes et de haine. À force de se vouloir invisible, il s'était cru à l'abri. Il ne l'était pas.

Il avait croisé Juste en montant le chemin et le vieux l'avait rafistolé en grognant qu'on ne se laissait pas mettre dans des états pareils, est-ce qu'il ne savait pas se défendre ? Et lui, l'Arabe, s'était posé la même question : « Est-ce qu'il ne savait pas se défendre ? ».

Il n'avait pas envie de parler de ça à l'Indienne, la Sauvage, qui sortait ses griffes même si elle n'était pas attaquée. Il aurait pu lui demander d'être patiente, un mot ne faisant partie de leur vocabulaire ni à l'un ni à l'autre, lui parce que sa patience était infinie, et pouvait se confondre avec de la soumission, elle parce qu'elle n'en avait aucune. Leur seul point de rencontre sur terre avait été le creux d'une dune sur la plage des Oublies, ce qui ne leur laissait pas beaucoup de chances.

— Il faut que je range chez moi ce soir, dit-il avant qu'elle n'ait eu le temps de lui demander de rester.

— Pendant que tu n'étais pas là, Yves est venu un soir…

Elle s'était promis de ne pas lui dire — de ne le dire à personne, la vie l'avait endurcie dans la détermination de tout régler elle-même et de supporter le reste — mais c'était de sa faute, il avait qu'à ne pas être aussi con… L'Arabe ne bougeait pas.

Elle l'appela par son prénom et il sursauta comme si elle appelait un étranger, silhouette à l'horizon, dans son dos, et qu'il ne souhaitait pas rencontrer.

— Tu ne me demandes pas ce qu'il voulait ?

— Non.

— Tu t'en fous ?

Il tourna les talons, alla récupérer son vélo et s'en alla. Elle avait honte d'elle-même, sa colère oscillait entre elle et lui. La sensation d'être une petite abandonnée en recouvrait d'autres, plus anciennes, qui évoquaient la puanteur et l'étouffement.

Elle rentra chez elle en se disant qu'il n'y aurait pas d'autre nuit.

Juste était devant chez lui quand l'Arabe passa. Il lui fit signe de s'arrêter, de garer son vélo.

— Tu manges, et ensuite je t'emmènerai quelque part.

L'Arabe ne dit ni oui ni non. Il rentra le vélo dans le jardin et l'appuya contre le cyprès.

— Tu vois celui-ci, dit Juste, je l'ai récupéré dans une faille sur un muret. Je me suis dit qu'un type qui poussait entre deux pierres, une brindille apportée par le vent qui résistait comme ça, on pouvait lui filer un coup de main pour vivre.

Il avait allumé le barbecue et deux steaks attendaient.

— Le bœuf, tu en manges, du bœuf ?

L'Arabe dit oui. Il vit au-dessus du barbecue la pierre trouvée dans le poulailler. Juste l'avait nettoyée de toutes les traces de terre.

— Depuis le temps, dit-il, il n'y a pas beaucoup de choses qui m'ont fait du plaisir dans la vie. Ça m'a fait du plaisir. Et je te le dis à toi — ce sont des choses que les gens oublient parce qu'ils oublient tout mais moi je n'oublie pas parce que c'est comme ça. Je ne peux pas. Tu aurais pu voir cette pierre et te dire que c'était une pierre et la balancer ou la laisser là où elle était. Non, tu l'as sortie de terre, tu as vu ce qu'il y avait écrit dessus et tu t'es dit que peut-être ça pouvait m'intéresser. Et après tu me l'as apportée. Ça t'a valu de la peine, tout ça, et tu n'étais pas obligé.

Juste grillait ses steaks et l'Arabe l'écoutait parler sans rien montrer.

— Mange.

Il mangea prudemment et de bon appétit. Quand il eut terminé sa viande, Juste lui demanda s'il en voulait plus et il dit que non, puis que oui. Le vieux parlait, lui racontait d'autres histoires. Il évoquait le nom de Bernard, attendant qu'il glisse un commentaire. Il ne lui parla que de la baleine. Juste apporta un papier, qu'il lui dessine la position des deux pelles et la circulation des dumpers.

— C'est un drôle de boulot, dit l'Arabe. Je suis content de l'avoir fait, je suis content que ça soit fini. L'odeur, elle était…

Il se pinça le nez et Juste lui raconta le jour où, partant à la chasse, il était tombé sur un cheval mort, éventré, et qui grouillait de bêtes. De là il en vint à la chasse, un sujet de tristesse, un de plus, car il n'y avait plus rien à chasser, que quelques lapins malades et aux yeux rouges que tu te serais empoisonné à les manger.

— Allez, viens.

L'Arabe le suivit et ils remontèrent par la route des Pierres, sur le kilomètre environ qui menait aux carrières. À droite, c'était le chemin du paintball, là où il s'était promené le jour de la mort de Noémie. Tout droit, la route menait encore à une barrière en bois et quelques bâtiments abandonnés où l'armée avait pendant des années conservé des missiles et des armes secrètes. Même depuis qu'il était ouvert à tous vents, c'était un lieu où l'on n'allait pas souvent, un lieu hanté. Les plus anciens, comme Juste, se souvenaient du temps où les grandes carrières étaient en exploitation. Les autres ne voyaient qu'un entrelacs de chemins envahis d'épineux où, au détour d'un virage, un trou profond s'ouvrait soudain. Il y avait des projets d'aménagement qui, à l'avis de Juste, resteraient des projets.

— C'était un village de paysans, lui dit-il, et c'était aussi un village d'ouvriers. On en était fiers. Tu vois les outils qu'il y avait dans la cave ? C'étaient ceux de mon arrière-arrière-grand-père. Il était venu ici du Nord. Et mon grand-père y travaillait encore, aux carrières ; j'ai son carnet aussi, où il parle de la mort de Victor Hugo et du passage de Buffalo Bill à la ville. Tu sais qui c'est, Victor Hugo ?

— J'ai quitté l'école en troisième.

— Moi je travaillais ici à quatorze ans.

Ils avaient atteint une rampe bétonnée qui descendait au milieu des pins et des chênes verts, vers un tunnel fermé par une double porte en bois. Juste s'y engagea. Il fit un clin d'œil à l'Arabe.

— Tu as vu ? Toi et moi on boite pas du même côté.

L'Arabe se marra sans bruit.

Avec le jour qui tombait dans cette fin d'hiver, Juste sortit une torche de sa sacoche.

— Les militaires, dit-il, c'est eux qui ont fait construire la rampe, et le tunnel après, pour le stockage. Mon père y a travaillé, sur ce chantier, et moi aussi, à cause de lui. J'étais mousse.

— C'est quoi ?

— Je devais chercher les trous d'eau et leur apporter à boire.

Juste sortit de sa ceinture l'anneau avec les clés et trouva direct celle du cadenas de la porte. Tout ce que l'Arabe voyait, c'est qu'ils s'enfonçaient sous terre. L'odeur humide d'une champignonnière le suffoquait.

Juste avançait sans plus parler, balançant sa torche de droite et de gauche. L'armée avait creusé son réseau et ses pièces de stockage au fond des carrières dont les puits, profonds de plus de cinquante mètres, s'ouvraient comme des croisées de transepts avec le ciel bleu nuit pour voûte. Juste lui indiquait par signes les coups de scie et les graffitis innombrables par lesquels des générations d'hommes avaient marqué leur passage, d'un nom, d'un surnom, d'une date, d'une phrase, d'une plaisanterie dont le sel était perdu.

Puis ils parvinrent à un lac souterrain dont

l'eau, malgré la nuit tombante, était d'un bleu de lagon. Une barque était amarrée à un poteau et Juste la décrocha.

À chaque coup de rame, l'eau résonnait en un écho qui se répercutait de paroi en paroi, de grotte en grotte. Ils devaient baisser la tête en passant sous un ressaut, puis le lac s'élargissait à des dimensions telles qu'ils n'en voyaient plus les contours. Là encore ils trouvèrent des inscriptions, et les traces du passage des outils. Juste savait reconnaître les époques de taille. L'Arabe pensa à l'île aux Rats.

Ils se retrouvèrent à leur embarcadère sans une hésitation du vieux, qui rangea les rames au fond du bateau et sauta à terre avec une légèreté de gazelle.

— Avec tout ça, il ne faut pas que je me mouille, je ne sais même pas nager.

L'Arabe le suivit dans le tunnel, puis à l'air libre. Ils repassèrent par les bâtiments qui s'étiolaient, et jusqu'à la guérite d'entrée dont le toit était tombé.

— Tout ce qu'il y avait à piller a été pillé. Tu connais les gens ou tu ne les connais pas. Moi je les connais : une engeance. Un truc à voler, à dégrader, ils le volent, ils le dégradent. Des barbares. Et tu crois que le maire, là, il aurait fait quelque chose ? Je te fiche mon billet que dans dix ans ce sera aussi dégueulasse ici que de l'autre côté. À moins qu'ils ne se débarrassent de tout en le vendant à un milliardaire. Misère…

L'Arabe reprit son vélo dans le jardin.

Juste considéra une lune blafarde dans le ciel.

— Il va pleuvoir, dit-il.

Et ils restèrent silencieux dans la nuit fraîchissante, avant de se séparer sans gestes et sans mots, sous les premières grosses gouttes.

Troisième partie

LE FEU

On avait glissé directement de l'hiver à l'été et brûlé avant d'avoir eu le temps de se réchauffer. Les arrêtés municipaux tombaient en panneaux rouges qui interdisaient l'accès à la colline, ce qui ne trompait personne. De temps à autre, un humain mélancolique jetait un mégot entre deux touffes sèches et s'en allait d'un pas tranquille. On attrapait ici ou là un pompier pyromane contre qui le déchaînement était général alors que ce pauvre jeune homme s'occupait de sa vieille mère et ne voulait que le bien. Les sages — toujours eux — affirmaient que des intérêts puissants et invisibles étaient derrière tout ça. En attendant que l'homme se réforme, on ouvrait des tranchées dans la pinède pour faire le passage aux véhicules de lutte contre les incendies.

Dans la grande ville du Sud, désœuvrée et si douce, où les bateaux blancs scintillaient sous la lumière du port, des jeunes gens qui ne voyaient la mer qu'à la télévision se vengèrent sur un autobus d'une collection de frustrations telles que le compte en avait été perdu. Tandis qu'ils se réjouissaient de leur belle flambée, on découvrit qu'une fille un peu lente brûlait aussi, à l'intérieur du bus : elle fut sauvée *in extremis* et sa colère contre ses frères — encore des Noirs, encore des Arabes — fut accueillie par un silence embarrassé. Où il allait, le cher et vieux pays, si on brûlait au troisième degré des jeunes filles à la patte folle dans des autobus, si on brûlait des hôpitaux et des écoles, si les voitures des pauvres flambaient tous les week-ends, si les petites vieilles avaient peur de rentrer chez elles ? On avait des visions de *Mad Max*, c'était marrant à voir mais on n'avait pas envie de jouer dans le film, un de ces rôles de figurants qu'on a à peine le temps de voir passer et dont le corps calciné fait un joli arrière-plan dans le décor à désastre. Dans les cités, tout s'exaspérait, on en était aux escarmouches de la guerre civile urbaine, et les trafics prospéraient gentiment, un business où personne n'y perdait, y compris les flics et les juges, c'est bien triste à dire.

C'était pire à la télé, où ne passaient ni les silences, ni les mains jointes, ni les curieuses envies d'être ensemble qui poussaient fugitivement entre les êtres les plus séparés. Il ne restait que la colère et la peur, la peur d'être dans le prochain bus que le prochain Noir, le prochain Arabe brûlerait.

Dans la vallée vers chez nous, on parlait sécheresse en lavant sa voiture et en arrosant son jardin. Comme aurait dit Juste, il fallait bien un responsable pour le fait, incontestable, qu'on avait eu de l'eau, beaucoup trop d'eau, par millions de mètres cubes, et puis plus du tout. Ça ne s'était pas fait par hasard, tout de même.

À la fête nationale il y eut sur le fleuve une pyrotechnie digne des plus grands éloges. Debout sur les deux ponts ou sur les parapets des berges tout au long des quais de la ville, un public enthousiaste criait « Oh la belle bleue » comme de toute éternité. De petits enfants encore craintifs se bouchaient les oreilles, et des fiancées un peu fortes laissaient aller leur tête toujours trop blonde sur de larges épaules ; on était tous amis et tous frères, plus ou moins.

Mamine laissa José et David l'emmener, c'était sa première distraction depuis la mort de Noémie, et puis ça ferait plaisir à Trevor, qui ne disait toujours rien ou quasi rien, et avait des problèmes à l'école, pire qu'avant. Ce qui faisait le plus de mal, tu vois, c'étaient tous ces gens qui l'avaient embrassée et qui maintenant détournaient la tête comme si le malheur était une espèce de sida et qu'en regardant ailleurs on se protège. Oui, ils avaient pleuré avec elle — et hurlé contre ce porc de Robert et l'Arabe et toute cette engeance — voilà, le temps venait vite où les mêmes s'en foutaient, ils avaient à vaquer, et toi, Divine, démerde-toi.

La maison du haut était restée déserte, et Mamine avait interdit qu'on y mette les pieds, même pour ranger. À ce qu'on disait, avec un soupçon d'exagération peut-être, la table du souper était encore mise et il y avait dans la casserole une bouillie brune qui sentait affreusement. Le seul qui grimpait l'escalier sans souci des cris de Mamine c'était le Trevor, justement, qui allait pisser dans les coins, arracher des ailes des mouches engluées dans le papier, et s'allonger sur son lit dans son ancienne chambre où il n'y avait plus un jouet sauf les cassés, dont il n'avait pas voulu, et finalement les piétiner et les réduire en miettes, les calciner allumette par allumette, c'était pas si mal. Quand ça durait trop longtemps et qu'elle n'avait plus de voix à force de hurler, Mamine appelait José sur le cellulaire et son oncle venait le chercher et lui mettait une petite branlée pour lui apprendre, qui ne lui apprenait pas grand-chose. C'était un petit garçon à la vie absolument vide et qui ne voyait que des fantômes à grimaces. À l'école, non seulement il ne foutait rien mais il était détesté parce qu'il était sournois et laid, avec ses carreaux épais, et faible, avec son torse trop gros posé sur des jambes molles. Il n'était bon qu'en maths — bon à faire peur — et ça aggravait son cas. Des inspecteurs sociaux revenaient de temps en temps voir Mamine et il était à nouveau question de famille d'accueil, cris, larmes, assassins, ma fille. Trevor jouait tout seul au foot et à force, malgré son physique insuffisant, il n'était pas mauvais en contrôles et en jonglages. Après l'histoire avec l'Arabe, il n'avait pas perdu l'habitude de jouer devant chez lui mais l'autre ne se montrait pas, ou bien filait recta s'il le voyait. Le gamin s'enfuyait jusqu'au terrain de foot, de l'autre côté du village, jouant seul avec son ballon jusqu'à ce que d'autres enfants approchent et là, il disparaissait avant qu'ils n'aient eu le temps de lui proposer un minimatch dans le but probable de le ridiculiser. Dans les rues, dans la queue ou au magasin, dans la cour de l'école, il entendait ce qui se disait plus ou moins bas : « Son père a tué sa mère », et il avait envie de tuer.

— C'est joli, hein, mon chéri ? dit Mamine en lui montrant la queue d'une comète blanc et rouge dont les étincelles s'éparpillaient en gerbe sur le fleuve.

Il ne répondit pas, ne manifesta rien, prenant plaisir à passer pour débile, ce qui les énervait, tous autant qu'ils étaient. Avec le psychologue qu'il allait voir toutes les semaines, il en était là aussi — un mutisme buté, hostile — et l'autre, ce con, il avait bon espoir et une compréhension infinie de la souffrance des enfants.

José s'emmerdait et fumait clope sur clope, et David s'était éloigné de trois pas parce qu'il avait retrouvé un copain du collège, et ça blaguait comme des filles. Ils avaient installé Mamine en haut des marches d'un escalier descendant vers les berges du fleuve. Il avait fallu nettoyer du verre brisé, et même une seringue, putain d'enfoirés, il faudrait les exécuter direct, ça coûterait moins cher à la société et en plus on serait débarrassés un bon coup. Un jeune dévala les marches et laissa traîner le pied sur l'épaule de Mamine sans s'excuser. Elle hurla :

— Excuse-moi de t'avoir ralenti, petit con.

L'autre, un Arabe, évidemment, se retourna et haussa les épaules.

— Ça vient voler nos boulots, ça vient violer nos filles, et ça a des manières comme un cafard, cracha Mamine.

Dans le brouhaha ambiant, quelques-uns avaient entendu et, entre deux fusées, jetaient des coups d'œil vers Mamine et l'Arabe qui s'était figé.

— J'ai pas entendu ce que tu as dit, la grosse.

— La grosse elle t'emmerde. Et tu as très bien entendu, je peux te le répéter plus fort si en plus de tous les vices de ta race maudite tu es sourd.

José était descendu de la rambarde du pont et il posa la main sur la tête de Mamine.

— Il y a un problème ?

— Regarde-le, le problème, regarde bien. Les melons nous piétinent et nous insultent et après ils viennent pleurnicher qu'on leur parle. À force de nous sucer le sang, la saloperie est devenue délicate.

Des jeunes avaient rejoint l'Arabe et ça discutaillait en arabe, des trucs qu'on pouvait pas comprendre, hein, avec leurs pères qui avaient tranché les couilles des nôtres et les leur avaient cousues dans la bouche, tu pouvais pas t'attendre à grand-chose de bon. David s'était rapproché de son père, et son copain aussi. Le groupe des Arabes commença à remonter l'escalier, tête basse, les mains dans les poches. Celui qui avait bousculé Mamine portait un T-shirt blanc où il y avait écrit *Closer*. José et David bloquaient le passage. Trevor dit qu'il avait envie de faire caca et personne n'y prêta attention, ce que ce gamin pouvait être pénible, des fois, je te jure.

Derrière, il y eut une explosion plus forte que les autres, et une pétarade. Tout le monde sursauta. Le bouquet final avait commencé.

— Excusez-moi-madame, dit José, je-suis-désolé-et-je-vous-demande-pardon. Tu vois, un truc dans ce genre-là.

Closer ne disait rien, tête baissée. Il siffla quelque chose entre ses lèvres.

— Qu'est-ce qu'il nous marmonne, là, le melon en chef ? C'est l'appel au jihad ?

José n'eut pas le temps de profiter des quelques rires qu'il avait déclenchés, car ils leur rentrèrent dedans d'un seul coup. L'un d'entre eux passa carrément par-dessus Mamine et elle essaya de lui attraper le pied sans y parvenir. José et David lâchèrent quelques coups dans le vide mais les types étaient vifs et disparurent dans les rues voisines. Des insultes fusèrent. Plusieurs étaient d'avis de les poursuivre et de leur régler leur compte ; d'un autre côté c'était la fin du spectacle alors on laissa tomber. Mamine eut droit à quelques remarques de soutien vite interrompues, car elle les injuriait aussi, ces couilles molles qui savaient causer, mais pour défendre la veuve et l'orphelin, macache, avec des types comme vous, la prochaine guerre, elle est déjà perdue.

Ils revinrent à la voiture qui était du côté du parking de la gare. Ils se cherchaient sans se trouver, se chacaillaient sans s'engueuler. Ça tomba finalement sur Trevor, qui traînait un peu.

— Dépêche-toi, petit con, aboya José.

— Ce n'est pas aux grands cons de traiter les gamins de petits cons, dit Mamine.

— Ta gueule.

Elle arrêta le fauteuil électrique.

— Je me fais insulter, tu les laisses foutre le camp sans rien faire, et maintenant tu insultes mon petit-fils et tu me dis ma gueule ? Ta gueule toi-même.

— Tais-toi, dit José, avec un ton de découragement qui les réduisit tous au silence.

Trevor se dandinait d'une drôle de façon.

Ils conduisirent en silence les dix kilomètres jusqu'au village. Ça sentait une drôle d'odeur dans la voiture, la décharge sûrement. C'est en arrivant qu'ils se rendirent compte que le petit avait chié dans son froc. José soupira, trop fatigué pour lui filer une rouste. De toute façon il s'était endormi.

Maintenant que les journées étaient chaudes, les gars fermaient les fenêtres des engins et mettaient la clim' à fond. Roland pestait contre le progrès et les traitait de chochottes. Son casque — port obligatoire, règlement de mes couilles — pendouillait toujours quelque part, là où il ne dérangeait pas la vue. L'Arabe, lui, roulait les fenêtres ouvertes, se mangeant toute la poussière du monde et les insectes avec. Les deux secteurs qu'ils avaient creusés en premier, ceux qui étaient les plus proches du fleuve, n'étaient plus séparés que par une mince bande de terre. Encore deux jours et elle disparaîtrait. L'Indienne s'était attachée à cette presqu'île éphémère, où l'espace de manœuvre de la drague line, du chargeur et des dumpers se réduisait sans cesse. Roland bichait déjà à l'idée de tailler les bords du deuxième lac — tout à la pelle, comme le premier.

Bernard n'avait pas aimé quand elle lui avait dit qu'elle était enceinte et il l'avait engueulée fort, lui donnant l'ordre de descendre de son dumper, et plus vite que ça, et que s'il n'y avait pas beaucoup de femmes dans le métier il y avait peut-être de bonnes raisons et pas seulement des histoires de terrassiers machos. Avec les secousses, dans les premières semaines, quand c'était petit et pas bien accroché, est-ce qu'elle avait besoin d'un dessin ?

Elle avait garé le camion, penaude. Il lui avait demandé pardon de s'être mis en colère, avant de lui proposer d'attaquer la paperasse, la comptabilité surtout, le truc qui l'emmerdait le plus au monde, avec le peu qu'ils gagnaient il n'avait pas eu les moyens d'engager quelqu'un jusqu'ici. Elle essaya de dire qu'elle n'était pas amie avec les chiffres, détail qu'il ignora. Elle avait seulement demandé deux conditions : d'avoir le droit de venir sur le chantier quand elle voulait ; qu'il lui promette de ne le dire à personne — ses yeux noirs avaient brûlé. Personne. Il avait promis.

Elle avait abandonné la cahute des Russkoffs et habitait chez Bernard, ce qui était plus pratique aussi parce que le bureau était là et ça ne dérangeait pas Martine, peut-être même ça lui faisait plaisir d'avoir cette Indienne, cette Sauvage, à la maison.

Après la nuit sur la plage des Oublies, elle n'avait plus parlé avec l'Arabe, plus vraiment, et ils ne s'étaient pas vus en dehors du chantier. Elle en avait eu de la colère, contre lui, et un peu contre elle-même, elle avait fini par accepter la tranquillité mystérieuse de sa résignation.

Et puis si ça convenait à sa façon particulière d'être une idiote, c'était tant pis, ou bien tant mieux, c'était comme ça. Elle finissait par se demander si les mots qu'il avait dits, cette nuit-là, et les gestes, et même un sanglot, croyait-elle se souvenir, ce n'était pas elle qui les avait rêvés. L'illusion de le connaître, de le toucher vraiment, la tentation de le sauver des autres et de lui-même, tout cela s'était évanoui à l'aube, quand ils étaient redescendus de l'autre côté de la dune, vers la mer, et que dans la lumière du levant, un bref instant, la masse noire et puante de la baleine était devenue or et bleu. Elle lui avait serré la main et il l'avait regardée sans aucune peur, sans aucune retenue, avec un émerveillement d'enfant. Elle cherchait en vain le moment où tout s'était interrompu — celui où ils s'étaient pris en plein la puanteur de la charogne et où le bleu haute mer avait viré au gris marron, celui où Bernard, Roland et Guy-Claude étaient arrivés, celui où les gendarmes étaient venus l'emmener… Il lui souriait sans rien dire, un sourire bref, timide, où il n'y avait plus rien de la peur panique des premiers jours, et elle se disait que s'il ne restait que ça, ce n'était peut-être pas si mal. Il leur arrivait même de manger en silence, assis au-dessus du fleuve, quand elle apportait un casse-croûte à midi.

— Alors, ce matin ? demandait-elle.

Il lui racontait son programme du jour, comment il avait passé deux heures à faire un tas.

juste à côté de la trémie, tas qu'il avait fallu ensuite refaire cinquante mètres plus loin, pour une raison qu'il n'avait toujours pas comprise, est-ce que c'était la visite de Palante ? un coup de gueule de plus de Roland ? parfois les choses n'avaient plus de sens et il ne fallait pas s'agacer. Il se tut entre deux phrases.

— C'est tout, mon gars ? Rien de plus croustillant ?

Elle vit qu'il avait la mâchoire qui tremblait.

— Il y a eu Yves…

— Quoi, Yves ?

Tandis qu'ils se croisaient le long du premier lac pour la vingtième fois de la matinée, quelques minutes avant le déjeuner, Yves s'était arrêté à sa hauteur et l'Arabe, croyant qu'il avait besoin de quelque chose, s'était arrêté également. L'autre avait descendu sa vitre et lui avait balancé un mégot allumé avant de repartir.

— Et tu ne lui as pas cassé la gueule ?

— Peut-être il n'a pas fait exprès.

Et tout en le lui disant il tremblait encore, marquant qu'il n'en croyait pas un mot lui-même mais que sa vie s'en trouvait meilleure, ou moins mauvaise, et en tout cas plus supportable que dans l'autre hypothèse. Et pourtant, pensait l'Indienne, la Sauvage, elle n'avait pas connu au monde d'être plus courageux que lui. Elle fut tout près de le lui dire. S'il remarqua quelque chose, il se tut, comme à son habitude.

Juste aimait bien le rejoindre, le soir, dans le poulailler, et il arrosait avec lui. Les tomates étaient bien venues, les petites et les grosses, et les fraises, les framboises, il y avait des salades en pagaille et des courgettes aussi. On n'imaginait pas tout ce qu'on pouvait faire dans un petit bout de jardin comme ça. Ils avaient une discussion sur la branche du figuier que Juste avait traité. Elle poussait en travers du chemin des oliviers, le long du mur des Gimbert, et il fallait se baisser à chaque fois pour passer. Le vieux s'y cognait plus souvent qu'à son tour et lui vouait une haine personnelle, menaçant de la scier, à quoi l'Arabe s'opposait, pour des raisons obscures. Il lui racontait des bribes de sa vie d'avant, dans sa vallée de montagne, quand il accompagnait les moutons sur les pentes couvertes de genévriers — il aimait ces longues heures, et le printemps quand les pommiers fleurissaient et qu'à l'ombre d'un noyer il s'endormait quelques minutes, les oreilles remplies du bruit d'une source, roulant entre ses doigts un caillou gris datant de l'âge des dinosaures. Juste ne lui demandait rien et c'est peut-être pour cette raison que l'autre avait commencé à lui parler, de façon imprévue, confidences ouvertes à tous vents car elles ne disaient rien de lui, mais tout du monde d'où il venait. Pour ce qu'il en comprenait — car c'étaient les yeux d'un enfant qui le lui révélaient —, Juste trouvait que ce monde n'était pas si différent de celui qu'il avait connu. Il était gêné qu'il habitât encore la cave et l'Arabe ne faisait qu'en rire, prétendant que c'était la meilleure pièce climatisée du village — et gratuite avec ça.

Trevor venait les observer depuis le bord du chemin et Juste lui donnait un fruit qu'il avalait sans dire merci, comme un voleur, en affamé. Il se faisait régulièrement casser la gueule à l'école, en rentrant il disait qu'il était tombé. Mamine, qui n'en ratait rien, n'aimait pas ça ; mais quand Juste était là, par un reste de crainte féodale, elle n'osait pas trop gueuler, se contentait d'appeler sans se montrer, depuis sa cour où elle prenait le frais. Tre-vo-reuh ! Tre-vo-reuh ! Lui, tu parles, elle aurait pu jouer de la flûte ç'aurait été pareil.

Dans le haut du poulailler, sous un tas de chiffons que l'Arabe n'avait pas attaqué, ils découvrirent un four à pain et Juste le vida des cailloux, de la terre, de la moisissure, le nettoya longuement. Il lui vint une image de son père, un jour de soleil troublé par une brume brûlante — un homme en sueur, c'est tout. Faisait-il le pain ? Cette détermination, cette obstination taiseuses lui étaient familières. Sans le dire à l'Arabe, Juste bricola dans l'appentis une pelle à enfourner et acheta de la pâte à pain à la boulangerie. Il récupéra quelques fagots de noisetiers et fit chauffer le four vide pour le débarrasser de l'humidité accumulée. L'Arabe le regardait faire, puis l'aida à décendrer. Après avoir rallumé le feu, Juste passa chez lui et remonta la pierre que l'Arabe avait trouvée. Il essaya de la poser sur le dôme du four mais l'équilibre était instable. Il lui trouva une place sur le mur de pierres sèches. Il posa une feuille de journal sur la sole et la vit brunir, noircir, se racornir sans s'enflammer.

— C'est à température, dit-il.

— Comment tu le sais ?

Sans répondre, il lui tendit la pelle et, après une hésitation, l'Arabe enfourna. Ainsi, pour Juste, tout était bien. Les heures passaient dans le jour qui n'en finissait pas et ils s'occupaient sans un mot, chacun un chapeau sur la tête. Il leur importait peu que le pain sortît avec une forme bizarre, ou que sa cuisson ne fût pas parfaite. Tout était bien.

Je crois que je vais mourir, dit Mamine dans son état mi-veille mi-sommeil, passant d'un coup de patte réflexe sur la zapette d'une chaîne qui n'émettait plus à une chaîne qui émettait encore, sans se préoccuper que c'étaient des images brouillées, un grésillement de sexe peut-être, ou de petits hommes verts et bleus qui courent derrière un ballon. Son corps était luisant de sueur et elle avait des douleurs dans des endroits qu'elle ne pouvait même pas atteindre, les égratignures dans les replis de la graisse du dos s'infectaient, ça la grattait, ça la brûlait, et elle avait encore pris du poids, ce qui fait qu'elle n'allait plus voir la doctoresse, à qui elle avait promis de faire des examens parce que le sucre, hein, et le cholestérol, et le cœur — la liste de tout ce qui n'allait pas s'allongeait, la liste de tout ce qu'il fallait éviter était la même que celle de tout ce qu'elle aimait et sa seule raison de ne pas se laisser crever c'était que ça ferait plaisir à trop de monde, ce serait la victoire des Arabes et de leurs alliés. Si elle avait connu l'histoire de Mahomet, elle se serait trouvé en terrain familier car à elle aussi le Seigneur parlait, lui disant de faire un rempart de son corps aux malfaisants et aux nuques raides qui peuplaient le monde en général et le village en particulier. Pour l'aider, il lui fourbissait des armes à nulles autres pareilles, des tridents qui jetaient des flammes et des sabres laser qui laissaient les moignons tranchés à fricasser comme au barbecue.

À côté d'elle Trevor dormait les bras en croix, les jambes écartées, une main sur ses petites couilles. Ses lunettes avaient glissé de son nez et il avait l'air d'un crapaud mort, cet ange, cet amour, à qui rien ne la liait au fond que l'envie de l'étouffer, et la certitude que lorsqu'elle aurait enflé tant qu'elle exploserait il mourrait avec elle, et s'en irait comme une fusée là-haut, au paradis des crapauds, parce que pour des bêtes aussi laides, dont l'enfer était sur terre, aucun créateur vicelard n'avait pris la peine de leur inventer autre chose.

Elle avait la poitrine oppressée et elle se découvrit entièrement. Chaud ici, froid là, des plaques brûlantes et des frissons… Je suis en train de mourir, se répéta-t-elle, trop faible pour se lever et aller chercher José, trop faible pour mettre la main sur le putain de téléphone et appeler. Une panique prenait possession d'elle, pas une boule au ventre, un panier de crabes qui se répandaient en sarabande dans son corps et la faisait trembler de partout. Elle se mit à claquer des dents et à parler sans suite. Elle tirait sur le drap et sa terreur s'approfondissait car elle avait lu quelque part que juste avant d'y passer les morts tiraient sur leurs draps comme s'ils voulaient s'en faire un linceul.

Trevor la regardait sans bouger. Il lui fallait toujours attendre qu'elle l'ait battu et engueulé pour découvrir la direction convenable. Il ne soupçonnait pas que rien ne convenait, et que c'étaient les coups et les insultes qui ouvraient la voie à son peu désirable amour. Il ne l'avait jamais vue dans cet état. Il attendit.

Lorsqu'elle se mit à gémir, puis poussa une série de miaulements qui viraient aux hurlements, il se mit en mouvement, sans savoir où il allait, simplement pour échapper à ce bruit qui lui perçait les oreilles. Et c'est pourquoi, en plein milieu de la nuit, l'Arabe vit s'encadrer dans la porte de la cave la silhouette du gamin. Il enfila son short. Il avait deviné à travers l'épaisseur des pierres les plaintes de la grosse femme ; maintenant que la porte était ouverte il entendait que c'étaient des cris. Le gamin ne bougeait pas, semblant frappé de stupidité, mais quand l'Arabe lui posa la main sur l'épaule il partit devant lui et le guida jusqu'à la porte voisine.

— Il y a un téléphone ? demanda l'Arabe.

Personne ne lui répondait, ni le gamin qui cherchait à manger dans le Frigidaire, ni Mamine dont le corps divin était tout secoué de spasmes et qui râlait maintenant. Il fouillait au hasard et ne trouvait rien, s'énervant, la voyant morte et s'imaginant à nouveau dans les ennuis à cause de la tendance des femmes de cette famille à mourir à côté de lui.

À ce moment José entra et, dans le même mouvement, se jeta sur lui et le plaqua au sol. Le souffle coupé, les poumons en feu, l'Arabe essaya sans y parvenir de dire un mot et, les bras battant comme des ailes de pingouin, il perdit conscience.

Mamine ne resta pas longtemps à l'hôpital, de toute façon, dit un interne, avec des patients comme ça tu pourrais tuer un service, alors ils se remettent vite.

José avait remis l'Arabe aux gendarmes après l'avoir saucissonné proprement, pour une fois que le fil électrique lui servait à autre chose que faire des raccordements, c'était la fête. Le putain de bicot avait essayé de discuter, tu le crois, ça ? mais il avait dû comprendre qu'à chaque connerie il se faisait défoncer la tronche, rien de tel pour calmer les élans des plus bavards. Mamine avait déclaré qu'il y avait viol et tentative de viol, ce qui était une drôle de façon de s'exprimer, mais elle voulait dire solennellement — et en étant un peu plus respectée que la dernière fois, si vous voyez ce que je veux dire — que c'était une histoire vraie, plus que vraie, même, et grave, au-delà du grave, qui avait commencé avec messieurs ses confrères sur l'escalier au-dessus du fleuve et avait failli s'achever définitivement cette nuit-là, quand l'Arabe avait voulu la violer et qu'elle serait morte, ou même plus, si son petit-fils n'avait pas été chercher son frère qui n'avait fait ni une ni deux car le danger, depuis qu'il était tout petit et, en ce temps-là, très frêle, il s'y connaissait et il s'était toujours révélé sans peur et sans reproche.

Le lendemain, le frère et la sœur Salabert retrouvèrent sans plaisir Estevan chez les gendarmes. De son côté, il les vit arriver avec ahurissement et plus encore quand elle se mit à débiter son histoire. Dans l'incertitude où on était, au milieu de la nuit, quand José l'avait livré, on avait gardé l'Arabe en cellule : ses blessures étaient superficielles et il n'avait pas l'air choqué. On ne saurait dire si sa passivité joua ou non en sa faveur.

Du témoignage de José, Estevan ne tira pas grand-chose, sinon qu'il avait vu une silhouette dans le noir et l'avait empêchée de nuire, ce qui établissait que, à ce moment-là du moins, l'Arabe ne violait rien ni personne ; quant au gamin, il ne disait rien du tout et arborait son air idiot. Avec chagrin, Estevan les fit sortir et se retrouva seul avec Mamine, qui réclamait d'être confrontée à son agresseur tandis que, d'une voix qui s'efforçait au calme, il lui demandait de raconter ce qui s'était passé. Mais Mamine en avait des choses à dire, et ça ne se passerait pas comme ça. Elle l'accusa directement, lui, Estevan, d'être responsable de tout pour l'avoir libéré avec les félicitations de la République malgré les PREUVES irréfutables de sa culpabilité et, qui plus est, ayant accompli cet abominable forfait dont on parlerait jusqu'à la télévision nationale, qu'il y compte, de n'avoir pris aucune mesure pour sa protection, alors qu'il ne faisait aucun doute qu'à un moment ou à un autre l'individu chercherait vengeance. Estevan l'écouta en silence déverser son tombereau et lui demanda à nouveau de raconter.

— Ça ne s'arrêtera pas là, dit Mamine, ça a été trop loin.

— Toutes les voies de droit vous sont ouvertes, madame. Mais en attendant que ces démarches aboutissent, il serait judicieux que nous puissions recueillir votre témoignage.

— Il est entré dans le noir, il s'est jeté sur moi, ça ne vous suffit pas ?

— Pardonnez-moi d'aborder des détails douloureux, mais a-t-il tenté de vous violer ?

— Si je vous dis qu'il s'est jeté sur moi, vous croyez que c'était pour m'offrir des fleurs à trois heures du matin ?

— Madame, je sais que vous avez subi un choc mais nous n'avons pas d'autre choix que de vous demander l'effort extrême de reconstituer le déroulement des faits avec la plus grande minutie.

Une jeune femme s'était jointe à Estevan, une petite blonde compacte aux cheveux coupés court. Elle n'avait pas de sympathie pour les violeurs. Estevan surveillait chacune de ses paroles et se tournait vers elle, de temps en temps, l'invitant à prendre le relais. Une déploration furieuse comme celle de Mamine, elle n'en avait pas encore vu de sa jeune carrière.

Au bout de deux heures d'entretien, Estevan et sa collègue n'avaient extirpé de Mamine qu'un récit d'une incohérence croissante, d'où il ressortait seulement que c'était lui, sans aucun doute, lui qui avait fait mais quoi ? L'examen médical n'avait pas trouvé de sperme et certes il y avait des lésions dans la zone des cuisses, des fesses, du vagin, mais le corps entier de la déesse était constellé de blessures, griffures, coupures, vergetures, conséquences de son obésité extravagante plus que des violences exercées par un homme.

Restaient des faits : sa crise de nerfs et son état de choc à la cause inconnue, si l'on excluait le viol ; et la présence de l'Arabe, en pleine nuit, chez une voisine dont il aurait eu toutes les raisons de se méfier. Sans prêter foi aux vociférations de Mamine qui leur assenait l'évidence — qu'après avoir tué sa fille il voulait se débarrasser d'elle —, Estevan se disait que le gars, le moins qu'on puisse dire c'est qu'il n'avait pas de chance dans la vie.

On le sortit de sa cellule et il s'expliqua sans tergiverser : le gamin qui vient le voir au milieu de la nuit, la crise de nerfs de la femme, sa recherche d'un téléphone, le frère qui débarque et lui fait son affaire. Il parlait calmement, sans hargne et avec précision, et l'idée qu'il ait pu vouloir violer cette baleine avait, à l'écouter, quelque chose de comique, même s'il restait impassible.

— Donc vous estimez qu'elle invente tout ça ?

— Je ne sais pas ce qu'elle invente. Je vous dis ce qui s'est passé. Le reste, c'est vous qui voyez.

Estevan et la jeune collègue s'isolèrent un instant et il lui dit qu'il avait vu de tout, et que certains hommes étaient fascinés sexuellement, attirés compulsivement, par les femmes énormes et que, de ce point de vue-là au moins, il ne fallait pas juger aux apparences. Elle balaya l'argument d'un geste.

— C'est une grosse folle, voilà.

— Demain, on la trouvera dans le journal à dire que les gendarmes protègent les Arabes violeurs…

— Ils ne publieront pas des conneries pareilles.

— Ils publieront parce que c'est une histoire. Et quand il sera prouvé que c'était du pipeau, il y aura deux lignes en italique.

— Les gens rigoleront quand ils verront sa photo.

— Non, crois-moi, ils ne rigoleront pas.

— Alors on fait quoi ?

— Garde à vue.

— Et après ?

— C'est le juge qui décidera pour nous.

Pendant quarante-huit heures, l'Arabe revécut les impressions de quelques mois plus tôt. Ce n'étaient pas les flics antiterroristes de la capitale mais les gendarmes de la ville ; à part ça, c'étaient les mêmes alternances de brutalité et de gentillesse, les mêmes questions répétées à l'infini, auxquelles il donnait les mêmes réponses. Comme ils le bousculaient un peu, il leur dit avec un humour léger qu'avec le peu qu'il avait à dire, ils ne devaient pas s'étonner qu'il répétât toujours la même chose. Il signait des procès-verbaux après les avoir relus soigneusement. Lors d'une des dernières séances, Estevan lui expliqua le topo, plus ou moins clairement, et il comprit sans peine.

— Qu'est-ce qu'il va dire, le juge ?

— Te mettre en examen.

— M'inculper ?

— C'est pareil. C'est comme ça qu'on dit aujourd'hui, pour ne faire de peine à personne.

— Il va dire que je suis coupable ?

— Il va dire que tu es présumé coupable. Enfin, il va dire le contraire, mais surtout ne va pas le croire.

— Et après ? Il va me mettre en prison ?

— Il te faudrait beaucoup de chance pour ne pas y aller.

— Je n'ai pas besoin de chance, il suffit que le gamin dise ce qu'il a vu.

— On lui a demandé. Et il n'a rien vu.

— Il faut lui redemander. Il avait peur.

— Ils vont dire qu'on le secoue…

— Vous le savez bien, que je ne suis pas coupable.

— Je le crois.

— Et vous allez leur dire ?

— Je vais l'écrire.

— Et alors ?

— Alors rien.

— C'est un Arabe, il faut sévir…

— Quelque chose dans ce genre.

— Il a un frère coffré pour terrorisme, il est accusé de viol, c'est une famille de monstres.

— Voilà. Et tout ça demande des investigations complémentaires et, en attendant, il faut le garder, cet Arabe.

— Et s'il est berbère ?

— Ça ne change rien. C'est toujours un Arabe, un Arabe berbère si tu veux.

— Ça ne veut rien dire.

— On est d'accord.

L'Arabe était plus agité qu'Estevan ne l'avait jamais vu, c'est-à-dire encore très calme mais pâle comme la mort et précipitant ses mots. Il se sentit obligé de lui dorer la pilule.

— Je pense que chez le juge tu as une bonne chance.

— Pourquoi je n'ai pas une chance avec vous ?

— Tu le sais déjà.

— Redites-le-moi.

— Parce que tu es du mauvais côté au mauvais moment dans le mauvais pays. Parce que la peur domine et que tout le monde s'en fout, de l'injustice commise à un Arabe berbère ou pas. Parce que tu es seul. Il t'en faut encore ?

— Non, c'est bien. Et chez le juge, je repasse du bon côté, plus personne n'a peur et on me libère en me demandant pardon ?

— Tu es drôle.

— On me l'a déjà dit.

— Chez le juge on décortique tout, et puis tu as un avocat, on prend le temps…

— Combien de temps ?

— Le temps qu'il faut. Tu veux une cigarette ?

— Je ne fume toujours pas. Vous voulez que j'attrape le cancer, en plus ?

Il prit la cigarette mais repoussa la boîte d'allumettes qu'Estevan lui tendait.

— Tu en es où, avec l'histoire de ton frère ?

— Moi, nulle part. Lui, c'est autre chose…

— J'ai vu : le procès des filières chimiques…

— Voilà, c'est lui le chef.

— Entre nous, ça a beau être ton frère, tu ne vas pas me dire que c'est un agneau qui vient de naître.

— Je ne dis rien. Il parle assez pour tout le monde. Ils veulent de l'Arabe terroriste, alors il leur en donne. Il leur parle du jihad. Il leur dit qu'il veut être un martyr de la cause et que quinze ans de taule ce n'est pas assez pour lui, il recommencera quand il sortira.

— Recommencera quoi ?

— Le pire c'est que je n'en sais rien. Recommencera à dire des conneries, c'est sûr. À part ça… Ils parlent d'armes chimiques mais personne n'a rien trouvé, nulle part. Des types ont entendu des types qui ont entendu des types qui avaient entendu qu'il bricolait des trucs pas clairs. Ils ont fait parler son ordinateur et, une fois, il a tapé « bombe » sur un moteur de recherche. Chez lui, on a trouvé une liste avec des monuments. Ils appellent ça « la liste de ses objectifs ». Moi ce que je commence à comprendre, c'est que mon grand frère, c'est un charlot, une grande gueule, une pipe. Ils n'ont qu'à le garder à vie, je m'en fous.

— Et sur toi ?

— Sur moi, rien. Il leur a répété que je ne savais rien, que je n'étais au courant de rien, qu'il voulait juste que j'aie une bonne pratique religieuse.

— Et ?

— Et ça n'a pas marché, pas vraiment. Il faut faire comme me menaçaient les antiterroristes, là-bas, m'envoyer à Guantanamo. Il paraît que là-bas ils vous distribuent des corans, qu'il y a des haut-parleurs pour l'appel de la prière, et une flèche avec la distance de La Mecque. Si tu n'es pas un bon musulman quand tu y entres, tu en es devenu un — et fanatique — quand tu sors.

— Sauf que tu n'en sors pas.

— Voilà. Alors tu dois devenir… un super-musulman. Vous m'interrogez pour mon frère aussi, pendant que vous y êtes ?

— Je ne t'interroge plus, là, je te demande.

— Je ne vois pas la différence.

— La différence, c'est que tu peux m'envoyer chier comme tu veux.

— Et à ce moment-là vous pourrez me défoncer la gueule comme vous voulez ?

— Tu m'as déjà vu te menacer ?

— Tout est possible, dans la vie.

— Ne te fais pas plus con que tu n'es.

— Je ne sais pas. Je me trouve assez con, déjà.

Estevan était venu avec quelque chose à lui dire, qu'il aurait dû dégoiser en entrant, mais il ne pouvait pas le quitter sans lui en parler.

— Ils ont arrêté ta mère hier.

— Vous me mentez.

Estevan poussa un soupir de lassitude.

— Pourquoi veux-tu que j'invente un truc pareil ?

— C'est pas à moi de dire pourquoi. Ma mère elle a rien fait, elle a rien à voir dans tout ça.

— Toi non plus tu n'as rien à voir dans tout ça. Et vise un peu la merde dans laquelle tu es.

— Dites-moi ce qui s'est passé.

— Ils ont perquisitionné chez elle hier matin à l'aube. C'était à la télévision : opération antiterroriste sur la cité. Et ils l'ont embarquée — elle et douze autres personnes. Elle est en garde à vue, comme toi.

L'Arabe écrasa la cigarette entre ses doigts et la réduisit en miettes. Puis il se leva et bougea sa chaise pour lui tourner le dos. Tout ce qu'Estevan voyait, c'étaient ses épaules qui se soulevaient. Sans faire de bruit il sortit, laissant sur la table un mouchoir en papier et une autre cigarette.

Deux heures avant l'expiration de la garde à vue, ils convoquèrent à nouveau les Salabert. Ils expédièrent les témoignages de José et de Mamine et travaillèrent le gamin, malgré les protestations de sa grand-mère. Puis Estevan se mit à parler avec sa jeune collègue, sans regarder Trevor, de faux témoignage et de peines de prison terribles qui avaient été infligées aux menteurs et toutes les histoires que ça faisait, les vies ruinées et le reste.

C'étaient des méthodes auxquelles il ne croyait pas lui-même et il avait l'impression de jouer dans un film — c'était un mauvais film et il était à la hauteur. Ils sortirent pour prendre un verre d'eau, du café. La collègue ne disait rien, elle avait l'air furax. En rentrant, elle s'assit à côté du gosse et lui glissa quelque chose à l'oreille.

Le gosse dit qu'il avait un truc à dire.

Quand ce fut fini, Estevan demanda à sa collègue ce qu'elle avait trouvé pour le convaincre. « Je lui ai juste dit que s'il ne disait pas la vérité, j'allais le tuer. »

Juste avait appelé Bernard en apprenant l'affaire de l'Arabe. Sa putain de hanche lui faisait un mal atroce ce matin-là, mais que ça fasse plus mal certains jours que d'autres, ça entrait au nombre des drôles de raisons pour reporter l'opération. « Ce n'est tout de même pas de la transplantation cardiaque », lui avait dit la doctoresse, et il avait seulement grogné qu'il y réfléchirait. « Tu seras mort que tu y réfléchiras encore », avait-elle dit.

Bernard écouta Juste puis demanda :

— Il a pu faire ça, tu crois ?

— Qu'il fasse son affaire à la voisine qui a cinquante balais et plus, et qui pèse cent quarante kilos au bas mot ? Je ne sais pas quoi te dire, Bernard, mais si des choses comme ça sont possibles, alors je ne sais pas ce qui n'est pas possible.

— Écoute-moi bien : il ne l'a pas fait.

À ça, Juste ne répondit pas, plus par prudence que par vrai doute ; non, lui non plus ne pensait pas que l'Arabe ait pu faire ça — je veux dire, ni à Mamine ni à une jolie fille. Et en même temps il lui en voulait vaguement.

Bernard raccrocha. Martine et l'Indienne, la Sauvage, avaient les yeux fixés sur lui. Il serra les dents — encore une de ces douleurs fantômes, comme on les appelait, qui transformaient le milieu de son corps en un bloc de métal en fusion alors que tout y était mort, insensibilisé *ad vitam.* L'une des rares fois où il en avait parlé à Martine, il avait dit que ça lui donnait un espoir de redanser avec elle le tango, la valse, tout, en fait, parce que sans vouloir se vanter, il avait été un sacré danseur.

— C'est un truc de dingue, dit-il.

— Ils ne vont pas le garder, dit Martine.

— Non.

— Tu dis ça comme tu dirais le contraire, dit l'Indienne.

— Je dis ça comme le type qui n'en sait rien.

— Alors pourquoi tu dis non ?

— Parce que c'est un truc de dingue.

— On ne va pas rester là comme ça.

— Tu proposes quoi ?

Elle ne répondit pas tout de suite. Au fond d'elle, comme depuis toujours, elle proposait de faire sauter la gendarmerie, mais ça ne valait même pas la peine de le dire.

— Je propose de faire sauter la gendarmerie.

— Pourquoi tu ne la défonces pas direct avec un bull ? Je t'en prête un pour ce week-end si tu veux.

— Ne répète pas ton offre, parce que tu me fais trop envie.

Tout le monde rit sans l'envie de rire, y compris Roland qui était revenu de la cuisine, une bouteille de rosé à la main. Il leur servit un verre. L'Indienne repoussa le sien.

— Je ne sais pas ce que tu as, avec cet Arabe, dit Roland plutôt gentiment.

— Tais-toi, Roland.

— Je parle si je veux, l'Indienne. Depuis le début j'ai dit que le type c'était des emmerdes, et tu peux le prendre par le bout que tu veux, c'est des emmerdes. C'est tout ce que je dis.

— Tu es trop con.

— Depuis qu'elle habite chez toi, dit-il à Bernard, elle me parle d'une drôle de façon.

Bernard se taisait, conscient du regard de l'Indienne. Tu lui as dit ? Tu lui as dit ? Bien sûr que non, je n'ai rien dit, à personne. Sauf à Martine — mais ça tu le savais, ou alors c'est toi qui es plus conne que conne.

— Je n'ai pas dit que c'était le mauvais type, reprit Roland.

— Ça, c'est bien la première fois que j'entends ça, dit l'Indienne.

— Mais bien ou pas bien, depuis qu'il est arrivé il amène les ennuis.

— Roland, dit Bernard, je n'ai fait partir personne en quarante ans, même des gros mauvais à côté desquels c'est un génie, l'Arabe. Alors je ne vais pas commencer maintenant.

— Je ne t'ai pas dit de faire ça.

— Alors tu m'as dit quoi exactement ?

— Tu t'y mets aussi. J'ai dit ce que j'ai dit.

Il se leva et partit un peu vite, vexé. Martine accompagna l'Indienne dans sa chambre et elle resta avec elle au bord du lit. Elle parlait peu, la haute comme trois pommes, mais l'Indienne la voyait comme ce personnage dans un livre, elle ne savait plus lequel, « qui voit tout mais ne juge rien ».

Elle se déshabilla devant elle et se glissa dans les draps jaunes.

— C'est un truc de dingue, dit-elle.

José avait commencé à dérouiller le gamin dans la voiture, malgré les protestations de Mamine et les hurlements du petit qui disait que la fille avait menacé de le TUER, mais José n'écoutait pas, il continuait à lui retourner des claques en faisant seulement gaffe de ne pas sortir de la route. En descendant, il le cogna encore avant de se retourner contre sa sœur et de la traiter de grosse coche — ce qu'il n'avait pas fait en vingt ans et plus — et au milieu de la petite place des Hommes, de façon que les locataires d'été des Gimbert et le cocu de Clément entendent, et les chiens, et l'Arabe aussi, tant qu'il y était, comme Mamine ne se priva pas de lui balancer à la face, hein, salaud, qu'il entende et se réjouisse, qu'il triomphe, cet enculé, qui avait apporté le malheur depuis qu'il était là et maintenant ça retombait sur elle et son petit-fils, l'innocent.

José rentra chez lui en maugréant et elle emmena Trevor et le soigna tout en lui donnant des coups, mais tout petits, pour qu'il arrête de chouiner et de couler du nez, c'était dégueulasse. Son con de tonton lui avait cassé ses lunettes et s'il fallait en refaire une paire, eh bien c'était lui qui paierait, putain de merde.

Tous deux ils s'apaisèrent devant la télévision où des gens se plaignaient d'injustices telles que Mamine se promit d'appeler pour raconter la sienne et, sans vraiment suivre ni comprendre de quoi il était question, elle accompagnait les émotions d'une belle-mère trahie avec des grognements de dogue. « On ira ensemble, dit-elle à Trevor, et tu verras comment ils s'occuperont de nous, à la télé, pas comme ces salauds de gendarmes qu'on les fera appeler par leurs avocats et là, on leur mettra comme ils méritent. Et José il nous demandera pardon. » Trevor aimait bien l'idée d'aller à la télé avec sa grand-mère.

Plus tard dans la soirée, David arriva la figure à l'envers. Elle le prit dans ses bras, brûlant de tout lui raconter parce que dans cette famille il était le seul qui faisait attention à elle. Elle mélangeait tout, le viol de l'Arabe et les gifles de José, et David n'y comprenait pas grand-chose sauf qu'on avait fait du mal à sa Mamine. Il n'osait pas lui demander de répéter parce qu'un mot de plus elle aurait explosé, implosé, enfin quelque chose de terrible, comme une télé dont les couleurs tournent au rose et là tu connais ta douleur, ça devient noir et blanc, ça grésille, pif paf pouf, autant regarder ta machine à laver. Elle sanglotait et lui devait lui faire des bisous comme elle aimait, mon David, des bisous c'est tout ce qu'il me faut et il lui en faisait encore, sentant l'aigreur de sa peau et sa sueur, sentant sur ses lèvres ce gras qui flageolait de partout, âcre et humide. Il pleurait avec elle sans trop savoir pourquoi, étouffé par son émotion plus que par ses baisers. Quand elle se fut un peu calmée, il demanda :

— Mamine, tu dois me dire ce que je peux faire pour toi…

— Tu ne peux rien faire pour moi, mon pauvre chéri. Tu as fait tout. Tu es le plus gentil, celui qui m'a offert la voiture rouge, celui qui m'a fait le trou dans le mur…

— Ça n'est rien du tout, tout ça, Mamine, regarde, ça n'a rien empêché.

— Tu l'as fait pour moi, mon chéri, c'est ça qui compte.

— Ça ne suffit pas, Mamine.

Au plus elle lui disait qu'il ne pouvait rien faire, au plus qu'il lui venait une idée — pas une idée, d'abord, quelque chose d'informe, comme une chaleur dans le ventre, et puis et puis, et elle disait non, mais plus mollement, et lui disait si, on ne va te laisser comme ça, toute seule, et si ça continue c'est à toi que ça arrivera et ça je ne le supporterai pas, moi, je n'ai que toi ou presque parce que papa, papa, il se tordait les mains, ce pauvre de David, à cause que ce pauvre papa avait fait du mal à sa Mamine et elle le consolait, il doit être triste maintenant. Il lui dit en l'embrassant encore qu'elle le laisse juste faire et tout irait bien, et elle se calma, Mamine, tandis que son Rédempteur acceptait l'offrande de ses larmes et de sa souffrance inconnue des hommes et, par la force divine et l'intervention de son fils David, les transformait en un feu qui embraserait tout.

En sortant de la garde à vue, l'Arabe ne connut rien de l'allégresse qui s'était emparée de lui la première fois. À force d'être libéré ça perdait de son charme, ou bien c'était la chaleur qui montait du sol et lui alourdissait les jambes. Après le carrefour, la route de la vallée plongeait plein est à travers les rizières, avant de serpenter entre les collines, celles d'où de petits animaux à dents acérées, ou bien des chars à lourdes plaques, ou encore des êtres amphibies avaient exercé les premiers la jeune force prédatrice de leur vie avant de mourir étouffés, de la vase dans les poumons, comme nous faisons tous. Ne parlons pas de tout ce qui s'en était suivi et qui était la marque de la grandeur de la Création parce que chez nous on avait eu la version qui n'est pas dans les livres et tu vois, même la baleine bleue, des siècles après, ce qui s'était échoué sur nos plages, c'était une charogne, dire si on avait du bol. Quant à l'homme, objet de tant de spéculation et d'inquiétude, sur nos terres encore toutes boueuses, on pouvait parier gros que ça n'avait pas été en conquérant du feu, en guerrier redouté, qu'il avait fait son apparition, mais en ersatz à trois poils, tremblotant et trouillard, qui foutait le camp en couinant dès qu'il entendait trois pas, vu qu'à sa maigre expérience tout dans le coin était plus fort et plus méchant que lui. À l'envers d'une colline, il s'en était trouvé quelques-uns, de ces pitoyables pithécanthropes (le mot est joli mais, hélas, gratuit : c'étaient des hommes déjà, tout ce qu'il y a de plus sapiens comme la suite le prouva), pour creuser à flanc de côte une grotte qui n'était pas de pure survie. Ils avaient, nos admirables ancêtres, morve au nez et crasse au pied, posé là deux belles pierres l'une sur l'autre — et avec tout le mauvais esprit du monde on ne nous fera pas croire que c'était par hasard. Ni dessins sur les murs ni objets usuels, une grotte et deux pierres qu'on était bien forcés, avec notre manque d'imagination habituel, d'appeler un autel.

Elle était là, cette demi-église, depuis les siècles des siècles et puis même avant, inchangée depuis ses origines, tout juste entourée par les quelques tombes de ceux qui avaient cassé leur pipe dans le secteur, les extatiques qui rêvaient en couleurs avec les semi-débiles qu'on avait abandonnés un beau matin en disant qu'on viendrait les rechercher et puis oualou, tout ce beau monde en tas d'os avec leur âme enfuie, à moins qu'elle ne rôde encore sur le dos du vent, allez savoir.

Le plus drôle, c'est qu'on avait construit sur l'autre versant, celui qui était cerné par la vaste plaine, une première abbaye, et puis une deuxième, pas de l'oratoire à deux balles, attention, du donjon, des fortifications, de quoi se défendre pendant un siège de mille ans, et que tout ça était ruiné, tombé en tas de cailloux, de toute cette puissance il ne restait que des ergots, des éboulis entourés de cordes et de barrières, indiquant des dangers et des travaux de si long cours qu'on n'en finirait jamais. Au bout du bout, l'ermitage des semi-bêtes dont le dieu avait un nom qui sonnait comme un borborygme avait mieux tenu le coup que les projets grandioses des prélats et des seigneurs de la guerre, réalité ayant fourni matière à méditation à des tas de poètes dont le nom est oublié, et les vers.

C'est là qu'il vint se réfugier, tout suffocant et blême, avec une bouteille d'eau minérale tiède et la boîte d'allumettes qu'Estevan lui avait donnée. Encore quelques kilomètres et il aurait été chez lui, mais chez lui, maintenant, ça lui faisait sérieusement peur vu l'amitié dont il était entouré sur place. Dans sa tête lente germait l'idée que, peut-être bien, il allait falloir reprendre son sac et le poser plus loin.

Il mangea un reste de provisions sans voir le soleil se coucher, du côté du fleuve et de la ville, où les maisons se teintèrent de rouge, de violet puis de noir avant de ne laisser à la nuit que la grâce de leurs silhouettes et le souvenir de leurs ombres. Avait-il saisi, ne fût-ce qu'un instant, cette beauté entre ses doigts ? En tout cas il en était loin, assis sur son lit de brindilles, avec son petit sac quasi vide pour lui caler les reins. La brise glissait le long des collines. Il se leva et parcourut le territoire des tombes, passant la main sur les pierres grises encore chaudes. Revint dans l'oratoire et s'assit face aux pierres. Que savait-il de cette histoire ? Rien. Savait-il même qu'avec lui cette histoire recommençait ? Non plus. Il soufflait comme une bête, moins sûr avec la tombée de la nuit qu'il serait ici à l'abri. Bien sûr, à s'écarter de la route il s'était protégé du bruit et des phares des voitures, et de l'hostilité visqueuse des hommes. Mais ça n'était plus si rassurant, et un craquement de branche, et le cri d'une cigale retardataire, tout complotait à réveiller des paniques enfantines. Et puis il pensait à sa mère et voulait la sauver, se méprisait d'en être incapable, se rongeait de colère contre son frère dont l'orgueil démesuré les entraînait un par un en enfer.

Il finit par s'apaiser et ressortit pour construire, à quelques pas de la grotte, un feu qui prit docilement grâce aux excellentes allumettes d'Estevan le triste, son ami impuissant. Le feu ne dura pas mais cette brève lumière et le duvet de chaleur qui s'en dégageait lui firent du bien. Il avait peu à peu perdu l'habitude et la musique des prières de son enfance, et des prosternations, s'était efforcé quelque temps de s'y remettre sous l'influence de son frère, mais il ne cessait de remettre au lendemain et puis le lendemain, c'était justement ce à quoi il n'avait pas envie de penser. Tandis que son petit feu s'éteignait, il s'endormit dans une curieuse position, comme s'il s'était écroulé autour du feu et avait, avec son corps, voulu faire un cercle magique qui le protégerait du piétinement des bêtes et de leurs crocs.

Avant de les massacrer, nous donnons aux hommes dont il est devenu indispensable de se débarrasser des noms de bêtes — nous les métamorphosons en rats, en cloportes, en cafards, en chiens, en fourmis. Le joli nom de crouille, par lequel nous désignons les Arabes, n'est-ce pas dans sa sonorité même, rappelant la grenouille, le margouillat, qu'on devine le talon qui se lève et écrase ? Écrabouiller le crouille, ce n'est pas tuer un être humain, c'est nettoyer le jardin de la terre d'un nuisible en *ouille.* Nuance…

Au Café des Vents, David et ses amis remettaient sérieusement en cause les choix du sélectionneur, un Blanc pourtant, mais acheté par les nègres. Sur une nappe en papier, devant des verres de couleur, ils organisaient l'attaque, la récupération, la défense et ils remportaient une série de matches qui laissait une trace dans l'histoire. Puis on reparla de l'actualité brûlante, l'incendie du bus dans la grande ville du Sud et de la jeune fille qui avait failli y rester ; de là on passa à l'autre, qui avait été violée dans un train, et plusieurs fois encore, tandis que les passagers envoyaient des textos à leurs relations, les trucs à vous dégoûter qui se passaient dans ce pays et si l'on ne commençait pas quelque part sérieusement, méthodiquement, on serait transformés en esclaves de ces mutants qui nous demanderaient de leur sucer la bite et c'est nous qu'on leur dirait merci. Le frère de celui de chez nous il est en cabane pour attentat aggravé à l'arme chimique et tu sais comment c'est chez ces types, d'ailleurs c'était dans le journal, tu crois que le grand frère prépare les meurtres et le petit, lui non, doux comme un agneau ? Allez, fais-moi rire. Fais-moi rire. Fais-moi rire. Pince-moi. Ils nous prennent pour des cons, et ces gendarmes et ces flics, je ne sais pas ce qui se passe chez eux, ils doivent être infiltrés comme au foot, ils te l'arrêtent pour amuser la galerie et après ils te le relâchent et après ça c'est les pauvres gens, les Noémie, les Mamine qui trinquent. C'est comme au foot, dit encore un autre, mais David le coupa, il commençait à en avoir ras le bol du foot, c'était bon, quoi, on allait pas confondre Mamine avec un ballon. Laurent, celui qui était un peu le chef, lui dit qu'il était trop tendre et qu'on avait besoin de guerriers et David lui dit que le jour où ce serait sa cousine qui serait tuée et sa tante violée, il changerait peut-être de ton et Laurent dit qu'il n'avait pas voulu l'insulter mais il était furax et David se calma, obligé. Au foot, reprit Laurent, les Noirs ils passent pas le ballon à un Blanc sauf un pistolet dans le dos, et David la ferma, qu'ils en parlent s'ils voulaient, de leur foot de merde, ils commençaient à le gonfler. Ils se connaissaient depuis tout petits et des bagarres il y en avait eu mais pas ce soir, c'était pas le moment de faire des embrouilles.

David avait tout expliqué et ils étaient d'accord — d'accord pour y aller tout de suite, même, sauf que l'Arabe manquait encore à l'appel, caché dans un trou, sûrement, comme le rat sans couilles qu'il était. Tu sais combien d'Arabes il faut pour peindre un mur ? demanda Laurent à la cantonade. Et comme tous donnaient leur langue au chat : un seul, si tu le lances assez fort. Ce qu'elle était mignonne, celle-là, c'était vraiment la meilleure. Ils décidèrent qu'ils iraient en voiture à la gendarmerie et que l'un se renseignerait, pas David parce qu'il était de la famille, mais Laurent, c'était lui qui parlait le mieux. David leur serra la main très fort, ils en étaient gênés, on était tous des frères quand c'était la guerre. Pendant que les frères s'en allaient, il sortit sur la terrasse parce qu'il avait besoin d'air et ça lui ferait passer cette envie de vomir — c'était un homme, David, mais il n'avait pas trop l'habitude de boire. Il avait la bouche engluée de sucre et il attendait que vienne l'heure, attendait avec son cœur qui battait à grands coups, que cela se fasse, se fasse et qu'on en finisse.

— Et alors, David ?

C'était Juste qui passait devant lui, claudiquant, les lèvres relevées sur ses mauvaises dents.

— On prend le frais.

— Pour les jeunes ça va, mais pour un vieux comme moi, je devrais déjà être au lit depuis longtemps.

— Tu nous enterreras tous.

Juste aurait dû partir mais il restait là, comme s'il avait quelque chose à lui demander.

— Alors bonne nuit à toi, David.

— Bonne nuit, Juste.

Juste fit un pas, puis revint en arrière.

— David ?

David avait fermé les yeux, comme s'il allait s'endormir. Il les rouvrit, contrarié. Juste prit leur bleu en pleine face. Ça le décida, peut-être.

— J'avais la flemme de me faire à manger, ce soir.

— Ah bon.

— J'ai mangé ma grillade ici. Deux tables derrière vous. Une belle collective de jeunes, alors vous ne m'avez pas vu. Tu sais ce que c'est, quand tu manges seul et que tu as fini de lire le journal, tes oreilles bougent toutes seules.

David ne disait plus rien et sa mâchoire s'était crispée. Il aurait dû lui dire d'aller se coucher mais ce n'était pas des choses que l'on disait facilement à Juste, alors il prit son mal en patience.

— J'ai comme une mauvaise impression, David.

— C'est parce que le type te paie un loyer ?

La phrase était rageuse, et timide aussi.

— Ça m'est égal, que le type me paie un loyer. La cave était vide, tu connais l'histoire. D'ailleurs ce n'est pas pour lui : c'est pour toi, mon garçon. Je connais un peu les gars avec qui tu te mets en équipe.

— Tu crois pas qu'il faut défendre sa famille ?

— Je ne crois pas qu'il attaque ta famille.

— Et ma cousine, elle est pas morte depuis qu'il est arrivé ? Et ma tante, elle a pas été agressée chez elle ? Tu y étais ?

— Je n'y étais pas, David, mais tout le monde sait qui a tué ta cousine, et c'est cet animal de Robert. Et pour ta tante, on le sait ce qu'a raconté le petit, qu'il est allé le chercher parce qu'il avait peur…

— Le petit, depuis la mort de sa mère, il a la tête à l'envers.

— Mais pourquoi il inventerait un truc pareil ? En plus il dit jamais rien.

— Les gendarmes ont dit qu'ils allaient le tuer.

— Les gendarmes protègent l'Arabe ?

— Oui, Juste, c'est comme ça même si ça ne te plaît pas. Tu vis dans un pays où au lieu de protéger les citoyens de souche, les gendarmes leur pourrissent la vie.

— Tu parles comme ton père.

— C'est pas une insulte, de parler comme mon père.

Juste leva la main en signe d'apaisement. Sa hanche le fatiguait même quand il restait immobile.

— Tu ne m'écoutes pas, David. Je ne te parle pas de l'Arabe, je m'en fous, de l'Arabe. Je te parle de toi parce que tu es jeune, que tu es beau et que tu as un bel avenir.

— Tu ne sais même pas ce que je veux en faire, de mon avenir. Tu te fous de moi. Et tu ne te fous pas de l'Arabe, Mamine elle me l'a dit, tu passes ton temps avec lui au poulailler et tu l'as mené à tes oliviers. C'est ton copain, l'Arabe.

Juste était triste et troublé, mais ça ne lui avait pas plu de dire qu'il s'en foutait, de l'Arabe.

— Ne te fais pas de mal, petit, dit-il seulement et il partit enfin.

De quoi il venait se mêler, ce vieil emmerdeur ? Il avait toujours donné des leçons de morale à tout le monde et voilà que sur le tard il était le défenseur des droits de l'homme et de l'Arabe ? Tout juste s'il donnait le bonjour à Mamine et jamais il ne les conviait à rien, pas même un apéritif sur sa terrasse, et voilà que maintenant il jouait les tontons-parrains ? La fièvre lui parcourait les veines en longs jets brûlants et il aurait voulu lui courir après et l'injurier, cette vieille paillasse, et lui dire de tout, l'enfoncer de honte dans la nuit, tant et tant qu'à la fin il serait tombé sur le trottoir et aurait été mangé par les chiens — tiens, même pas, car les chiens n'auraient pas voulu de sa vieille carne.

La même nuit, comme ils avaient attendu l'Arabe en vain, ils mirent à sac son jardin, conchièrent ses salades et arrachèrent, écrasèrent tous ses fruits et ses légumes. À coups de masse, ils réduisirent en miettes le four à pain.

Après, ils restèrent tranquillement à fumer, l'ordure ne perdait rien pour attendre.

L'Indienne, la Sauvage, se réveilla en sursaut comme s'il fallait partir au chantier et referma les yeux quand elle se souvint qu'on était dimanche et que, de toute façon, elle n'allait plus sur le chantier que pour de brèves visites. Dans ses cauchemars elle était au volant de l'Euclid et elle avait mal au ventre. Elle posa les mains sur son ventre, comme à chaque fois qu'elle reprenait conscience. Elle parlait, ainsi que l'on parle dans la grande famille des femmes, paroles et petits mots, fragments de poèmes, de tout de rien et quand même tous les deux mots je t'aime petit bout, je t'aime petit bout de moi et toi.

La chambre jaune s'éclairait, il était encore tôt, et entre les rideaux qui bâillaient elle voyait une volée d'aigrettes blanches passer au-dessus des arbres.

Martine entra dans la chambre après avoir frappé légèrement et s'assit sur son lit, l'embrassa.

— C'est moi, ou il va y avoir de l'orage, dit l'Indienne.

— Tu vois le mal partout.

— Il fait lourd, quand même.

— On se mettra dedans en regardant la pluie tomber et les éclairs. Tu nous diras de tes poèmes et moi de mes prières.

— Toujours tes prières !

— Laisse-moi mes prières. Si elles ne m'apportaient rien que de me rendre heureuse et de me faire penser à ceux que j'aime, ce serait bien.

Cette phrase mit les larmes aux yeux à l'Indienne, qui se retint. Elle pleurait trop, ces temps-ci, au lieu d'avoir des nausées, comme tout le monde.

— Et puis de toute façon, poursuivait Martine, je ne suis pas venue discuter du Bon Dieu avec une mécréante comme toi.

— Tu es venue pour quoi ?

— Te dire qu'ils l'ont laissé partir. Bernard te dira mieux, c'est lui qui a parlé aux gendarmes.

— Et il est où, maintenant ?

— Chez lui, sûrement.

— Je vais aller le voir.

Martine prit la main de l'Indienne et l'embrassa. Elle avait ses joues aux pommettes hautes, et toujours un peu rouges d'un étonnement récent.

— Et cette fois, tu lui parleras ?

— Non, tu es folle.

— C'est toi, la folle.

— Il croit qu'il est seul. Personne n'y peut rien.

— C'est parce que tu veux encore le sauver. Tu es un peu prétentieuse, ma fille. Imagine que je veuille faire la même chose avec mon Bernard, où je serais ?

— Non, je te promets, je ne veux pas le sauver. Mais quand j'essaie de m'approcher il me repousse du regard. Et quand nous sommes assis l'un à côté de l'autre, j'ai peur d'ouvrir la bouche.

— Tu t'approches avec tes griffes d'Indienne, de sauvage. Si tu t'approchais avec douceur, il le saurait.

— Une fois, une seule, c'est arrivé, mais je ne sais pas comment. Nous n'avions peur ni lui ni moi, nous étions dans le creux de la dune, et rien n'était un problème.

— Je ne te parle pas de la magie, moi…

Quand elle parlait, Martine la caressait en même temps, de sa main calleuse qui travaillait sans cesse, à ceci, à cela, l'Indienne s'imaginait que c'était possible. Mais dès qu'elle lâchait sa main, ça lui tombait sur la nuque et elle savait que c'était non, pas dans cette vie.

— Ma grand-mère disait que j'étais têtue.

— Elle te connaissait, ta grand-mère ?

— J'en sais rien. Elle m'élevait, en tout cas.

— Pourquoi pas tes parents ?

C'était une question qu'on ne lui posait jamais, parce que avec ses manières brutales elle avait l'air de les interdire, les questions intimes. Ce n'était pas le genre de choses qui impressionnaient Martine.

— Père breton, mère kabyle, séparation à ma naissance. Ils ne se sont mis d'accord que là-dessus. Petite, je me répétais deux histoires : que j'étais l'enfant de l'amour, et qu'ils s'étaient séparés à cause de moi. Et puis mon père est mort et ma mère m'a dit, quand j'avais vingt ans, que j'étais un accident de la vie. J'ai arrêté d'en vouloir à ma grand-mère et j'ai compris qu'il fallait se débrouiller toute seule.

— Et quand ton enfant naîtra, tu l'appelleras aussi un accident de la vie ?

L'Indienne réfléchit longtemps.

— Les jours où je serai malheureuse, la plupart des jours. Mais il y aura peut-être des jours où je ne le verrai pas comme ça.

— Et maintenant ?

— Je ne sais pas.

Elle avait remis les mains sur son ventre, petit bout, petit bout de toi et moi.

— Ma grand-mère, tu vois, elle m'élevait avec des coups parce qu'elle en avait pris beaucoup et puis j'étais difficile, quand même. En me frappant elle me parlait d'éducation mais je n'ai compris que plus tard. Elle essayait quelque chose, elle savait qu'elle avait raison, mais elle n'avait aucune idée de comment on y arrivait…

Elles passèrent à la cuisine et l'Indienne avala le café noir et brûlant. Quand est-ce que ces putains de nausées allaient arriver ? Ou bien est-ce qu'elles étaient déjà passées ? Après elle emprunta la voiture. En cinq minutes elle était au village, puis sur la route des Pierres. Il avait bien voulu lui montrer où il habitait, une fois, et l'avait empêchée de rentrer. Elle descendit le chemin vers la petite place des Hommes et frappa à la porte de la cave. Elle essaya de voir à travers la moustiquaire.

Le gamin l'observait, un ballon entre les mains. Elle fit quelques pas vers lui.

— Tu sais s'il est là, le monsieur ?

— Quel monsieur ?

— Le monsieur qui habite ici.

— L'Arabe ?

Il eut une moue d'ignorance et de méfiance. Il avait la peau blême des êtres qui passent leur vie à l'ombre. Une voix désagréable vint de l'intérieur de la maison.

— Trevor, qu'est-ce qui se passe ? Il y a quelqu'un ?

Elle lui fit signe que non, de ne pas répondre, et il hocha la tête.

— Non, Mamine, il n'y a personne.

L'Indienne traversa la petite place des Hommes et vit le jardin. La branche du figuier. Avec sa façon de ne parler de rien, c'étaient le genre de détails sur lesquels il pouvait s'étendre, comment les tomates venaient, tous ces fruits dont elle n'avait rien à foutre, même s'il lui en apportait dans sa sacoche.

Elle vit ce qui s'était passé et elle eut mal au ventre.

La grosse femme était sortie devant sa porte et criait sur le gamin.

Coupée en deux de douleur, l'Indienne redescendit vers la place.

— Qu'est-ce que tu fais ici ? hurlait la grosse dame.

Elle n'arrivait pas à répondre.

— Elle le cherche, dit le gosse d'une voix sourde, en montrant la porte de la cave.

— Et je le vois bien qu'elle le cherche, éructa Mamine, et elle nous le trouvera, hein, ma mignonne ? Eh bien, si elle nous le trouve, qu'elle nous en débarrasse une bonne fois pour toutes. Elle pourrait faire ça, la jolie demoiselle qui vient nous emmerder le dimanche matin. Les services sociaux, sûrement, du service de l'assistance aux Arabes qui violent et assassinent les braves gens. Tu as une subvention pour lui, une prime, un revenu minimum ?

L'Indienne avait commencé à reculer et elle remonta le chemin le plus vite qu'elle put, aussi vite que son ventre le lui permettait, jusqu'à la voiture. Elle conduisait le souffle bloqué, ne respirant que brièvement parce qu'à chaque fois ça la déchirait, petit bout, petit bout que j'aime de toi et moi.

Bernard était levé et il lisait sur la terrasse. Elle lui dit seulement que l'Arabe n'était pas là et lui, laisse-le se promener dans la colline, laisse-le, on est dimanche. Elle lui montra le ciel qui se couvrait de pluie mais déjà il s'inquiétait :

— Ça ne va pas ?

— Je suis un peu fatiguée. Je vais aller m'allonger…

Martine était à la messe, ce dont Bernard avait cessé de se moquer, attribuant sa conversion à des mystères par lesquels il voulait bien être dépassé.

— Va te reposer. Ne t'inquiète pas, au pire il sera là demain. Au pire.

L'Indienne s'efforça de marcher droite pour entrer dans la maison. Le pire, malgré ce qui lui était arrivé, Bernard n'avait pas une nature qui lui permette de l'entrevoir. C'était un de ces rares authentiques optimistes de la vie.

Le pire, elle l'avait vu dans ce jardin dévasté, piétiné, retourné, avec la violence qui n'était pas celle d'un orage mais celle d'hommes qui rient et qui plaisantent, et sont capables de tuer.

Elle ne fit pas l'effort de monter à la chambre, et s'affaissa sur un fauteuil dans la grande pièce peuplée de leurs objets — masques d'Afrique, étoffes, tambours — et de leurs livres. Mais les yeux fermés, elle voyait encore les tomates écrasées, les courgettes déchiquetées, le four en morceaux, et de la terre l'odeur de merde qui montait, comme une ultime insulte.

L'Arabe, en se réveillant, avait aussitôt quitté l'ermitage sans un regard pour la grotte. Il n'avait pas rejoint la route mais tenté une ligne qui sinuait entre les collines. Il se repérait en voyant apparaître les monts de chez nous, dont il tâchait de ne pas trop s'éloigner. Il avait froid et faim mais, plus encore que la veille, il n'était pas près de rejoindre la compagnie des hommes. De temps en temps il franchissait une barrière et contournait un champ aux bordures duquel il avait deviné la masse noire des taureaux.

Il finit devant une chapelle, tout sens de l'orientation égaré, se demandant sans se répondre si c'était celle de la nuit de son arrivée. Il y avait au fond de son sac un reste de sandwich et une pomme qui commençait à mollir mais il mangea cela et but le reste de son eau, qui n'avait pas beaucoup refroidi pendant la nuit.

L'orage toussait au loin, épargnant l'Envers et touchant au Paradis, au-dessus duquel les aigles tournoyaient. La terre était privée des hommes, ou bien ils se cachaient, grelottant dans l'aube, terrés dans des trous humides, frottant des pierres pour démarrer des feux mouillés qui ne chauffaient rien. La vie n'était même pas cette brindille devenue cyprès, envolée dans la nuit elle avait pris sa chance et été balayée. Les battements de son cœur répondaient aux roulements de tambour qui agitaient le ciel. Il respirait, il avançait, il ne voulait plus rien.

Quand il reprit conscience, l'orage s'était éloigné et des passereaux redonnaient vie à un tilleul : c'était le matin pour la deuxième fois de la journée. Un rayon de soleil passait sous les arches du porche et lui chauffait une demi-joue, juste assez pour reprendre confiance. Il se leva, épousseta la fatigue de ses jambes. Il était dans les pas d'heure. Il n'avait pas eu plus d'inquiétude, bien des années plus tôt, quand son frère l'avait pris sous le bras tandis que la rivière sortait de son lit et, après avoir recouvert les champs, s'emparait des arbres et des maisons. Les charpentes en genévrier, les murs de terre, tout s'en allait. Il se souvenait de cette nuit traversée de rafales de pluie, des chemins creux transformés en autant de torrents qui se rejoignaient, de la terre qui vibrait et des voix dans la nuit, les vaches, les hommes, les moutons, les ânes et les chevaux — et puis cette main qui le tenait. Il n'avait pas eu peur alors, pas plus qu'il n'avait peur maintenant, mais ce n'en était pas moins l'exil.

Il s'enfonça dans la pinède, suivant un chemin taillé au bulldozer, au fond duquel les cadavres déchiquetés des arbres traînaient encore. La terre était sèche et brûlante, et les odeurs lui venaient en bouffées indistinctes et qui lui évoquaient la mort. À force de monter, il se trouva à la lisière et toute la vue sur la vallée s'offrait à lui — non le village dissimulé mais ses petits monts, comme deux seins noirs sous le soleil, et au loin les cascades de pierre au-dessus desquelles avaient roulé les engins de guerre ; au-delà dormaient des ruines plus anciennes qu'il ne visiterait pas, mais toute la force du paysage, avec ses légendes où passaient des animaux volants, des cavaliers et des bergers, il se prit le tout dans la tronche et devait se raidir pour ne pas tomber. Il avait fallu qu'il atterrisse là ! Vieille terre aujourd'hui fatiguée, où ne poussaient plus que des souvenirs et des rancœurs, où les hommes se traînaient dans leur grande vieillesse avec le poids d'histoires qu'ils ne connaissaient plus mais leur brisaient encore le dos.

Il pensa à la constance de ses efforts sur le poulailler de Juste et se demanda d'où venait son acharnement à retourner cette terre qui n'était pas à lui. Et c'était beau, il y avait de l'intelligence et du travail dans la façon dont, génération après génération, des mains d'hommes avaient tracé, découpé, brûlé, délimité, planté et récolté. Où étaient-ils ? Terre déserte, te dis-je, hommes arrachés et vivant dans des cages, jouant le rôle de leurs ancêtres et passant sans savoir à côté de leurs lacs de naissance.

Il entendit des avions qui passaient et larguaient deux tonnes d'eau au-delà des monts, si loin qu'il ne voyait pas de fumée. Quelque part la forêt brûlait et lui suffoquait — s'identifiant tantôt aux malheureux qui fuyaient, tantôt à l'incendiaire tremblant d'excitation et de peur.

C'est à ce moment qu'il vit l'enfant et il faillit crier. S'arrêta.

À sa silhouette lourde, même à vingt mètres, il était impossible de ne pas reconnaître le gamin de la petite place des Hommes accroupi sur la terre encailloutée et qui construisait Dieu sait quoi.

L'Arabe sortit du chemin et se réfugia derrière un arbre. Le temps était loin où il ne voyait qu'un enfant qui jouait au ballon : il était le rejeton d'une tribu de monstres, non pas seulement les Salabert, mais le village et les hommes eux-mêmes. Le gosse, de toute façon, était trop absorbé dans sa cérémonie pour prêter attention à quoi que ce soit. L'Arabe attendit, puis entendit son pas traînant qui soulevait la poussière du chemin.

Quand il se fut éloigné, il sortit de son abri et s'approcha. Le lit de brindilles et de feuilles sèches était entouré de quelques pierres grises et flambait déjà, mangeant les branches.

Il eut la tentation brève, violente, de le laisser

brûler, et la vision d'un vent embrasant toute la forêt et ne laissant que cendres lui coupa presque le souffle par sa précision.

Puis il piétina le feu et couvrit de pierres les cendres qui rougeoyaient.

Il y avait David et Sylvain, et Laurent et Michel, et puis les deux G, Gabriel et Gaël, des doublettes qui se relayaient toutes les trois heures dans la cour de Mamine pour faire le guet et donner l'alarme quand l'Arabe arriverait. Le saccage du jardin leur avait ouvert l'appétit. Les packs de panaché trempaient dans une bassine bleue où Mamine avait mis des glaçons. Trevor ne tenait pas en place. Ils débouchaient les bouteilles avec les dents, comme des hommes. David craignait un peu Sylvain, qui avait travaillé aux carrières quand elles servaient encore de dépôt d'armes, et dont on ne savait pas trop ce qu'il bricolait — un coup ici, un coup là, les mauvais de préférence, avec Laurent de préférence, et jusqu'ici pas vu pas pris, et il ne fallait pas compter sur lui pour se vanter. La folie traînait au fond de son regard brun et, quand il parlait, on aurait dit des grognements. Trevor leur avait apporté, toujours de la part de Mamine, des tranches de pastèque et Sylvain avait dévoré la sienne d'un coup de dents. Il avait le pourtour des lèvres rouge et rose, comme un ours qui vient de se bouffer un plus petit que soi, enfin ce style-là, dégoûtant.

David entendait les bruits du village, avec sa fête d'arrière-saison, derniers taureaux, derniers manèges, dernier feu d'artifice. C'était comme ça un mois avant l'automne, ça vous avait des allures de fin du monde, ça lui durait depuis l'enfance, cette histoire-là, quand le petit Fabien Gimbert, avec qui il avait joué tout l'été, et couru dans les bois, et arraché les ailes des libellules, et fabriqué des frondes et des cabanes, s'en retournait à la ville sans même dire à l'année prochaine. Ce n'était pas si loin, la ville, et Fabien était plus au nord, il avait un bon poste, et il ne revenait jamais au village. David n'aimait pas l'automne et l'hiver, mais la saison des morts était restée pour lui cette fin d'été.

Il battait du pied nerveusement. De toute la bande, il n'y avait guère que Laurent avec qui on pouvait avoir une conversation de trois phrases. Au dernier passage de relais il avait essayé de lui dire, à sa façon, que ç'aurait été mieux non pas de laisser tomber mais de remettre ça à une autre fois, vu que le gazier il n'allait pas se montrer de la semaine. Laurent n'avait pas eu l'air de l'entendre et David s'était promis de lui en reparler vers le soir, si rien ne se passait.

La nuit d'avant, pendant qu'ils étaient attablés, ça lui paraissait évident que c'était une guerre à gagner, et tant pis si les autorités ne le voyaient pas comme ça, le peuple se rangerait à leurs côtés et les autres seraient bien obligés de filer droit, c'était toujours comme ça, il en fallait pour montrer la voie. Et puis il y avait eu leur virée dans le jardin — un amusement de sales gosses qui avait fini par le mettre mal à l'aise et lui faire peur, même, si bien que Laurent l'avait engueulé de ne pas mettre du cœur à l'ouvrage et l'avait traité de jaune, de poulet, de fillette, de couille molle et d'autres mots encore qui sifflaient et faisaient mal. Il s'était refait une résolution — car sur la nécessité de la mission et sa grandeur il n'avait pas de doute — mais maintenant, à nouveau, tout ça n'était plus si clair, il avait des nausées à force d'attendre et de se demander ce qui allait se passer, se passer vraiment.

À l'arrivée de l'Arabe, ils ne bougeraient pas et préviendraient les autres par SMS sécurisé : colis livré. On passerait alors à la phase deux.

Mamine sortait les voir de temps à autre, et pour chercher Trevor qui leur tournait autour comme un chien, jappant, bavant, agité par le désir de se rendre utile et d'être comme eux, avec eux. Au début il avait essayé d'être gentil, maintenant le gosse lui portait sur les nerfs avec ses questions à la con et il se contentait de le repousser sèchement quand il s'approchait de trop. Mamine ne gueulait pas, elle apportait un coup des gâteaux, un coup des bières ; depuis la nuit d'avant elle était pompée de larmes et elle ne lui demandait plus ce qu'il voulait faire. Sa nature divine avait pris le dessus et acceptait le côté fatal de la fatalité, si l'on peut dire comme ça, mais il n'y a pas mieux, à première vue. Elle venait s'installer sur le siège de la voiturette rouge et s'absorbait dans le toutim de sa tendresse tremblotante, ce qui rendait David encore plus nerveux, imagine qu'elle soit venue le couvrir de bisous devant Sylvain. Il n'osait pas l'envoyer chier comme Trevor.

— Si tu veux aller faire un tour, te dégourdir les jambes, moi je monte la garde, proposa-t-il à Sylvain.

L'autre ne prit pas la peine de répondre, ne tourna même pas la tête vers lui. Il avait à la tempe la trace ancienne d'un caillou.

David alluma nerveusement une cigarette, espérant que Mamine ne le verrait pas parce qu'elle n'aimait pas qu'on fume, trouvait que c'était sale, les histoires qu'elle avait pu faire à Noémie ! mais elle était rentrée, traînant derrière elle le gosse qui piaillait qu'il voulait rester avec les grands.

Et s'il se défendait ? Ces types-là, on leur apprenait des techniques de combat dans les camps d'entraînement, et ils avaient autour de la ceinture des explosifs, c'étaient des fanatiques prêts à mourir et avec une résistance morale supérieure à cause de leur Dieu, un type dont on ne connaissait pas le visage mais qui leur faisait des promesses incroyables. C'est pour ça qu'ils ne souriaient jamais, sauf avant d'être expédiés au septième ciel avec les quatre-vingt-douze vierges qui les attendaient.

Sylvain lui donna un coup de coude et grogna quelque chose.

Dans le jour qui tombait, il le reconnut. Il avait une allure de vagabond épuisé, un clochard vraiment, mais David était trop à cran pour le voir. Les doigts tremblants, il expédia son SMS.

Colis livré.

L'Arabe s'allongea sur le lit sans allumer dans la cave. Il était passé devant chez Juste en rasant le mur. Sa vague intention d'aller faire un tour au jardin n'avait pas résisté à la fatigue. Tout tournait. Il finit par s'asseoir au bord du lit. Il s'y reprit à deux ou trois fois avant de mettre en route le chauffe-eau. Il prit une douche et se rasa. Il hésita un instant sur la barbe — un grand mot pour les quelques poils — et la rasa aussi. Il s'allongea sans se sécher sur les draps imprégnés d'humidité. Il ne cessait pas de passer la main sur son menton glabre, qui brûlait encore un peu. Un air chaud entrait par la moustiquaire et s'insinuait dans l'épaisseur des pierres. Il était toujours mouillé, mais de sueur.

Il hésita d'abord quand il entendit gratter à la moustiquaire puis, après avoir enfilé un short et un T-shirt, il s'approcha. Un blé de lune tombait sur la petite place des Hommes et il reconnut Trevor.

— Qu'est-ce que tu veux ?

— Entrer.

— Tu as toujours tes allumettes ?
— J'en ai pas, d'allumettes.
La voix du gamin était aigre et plaintive.
— Je t'ai vu, gamin.
— Tu as vu quoi ?
— Je t'ai vu.
— Ouvre-moi.
— Pour quoi faire ?
— Pour m'ouvrir. J'ai un truc à te dire.
— La dernière fois que je t'ai ouvert…
— C'est pas pareil.
L'Arabe tira la porte et il prit tout dans la gueule en même temps, tout sauf le gosse qui s'était écarté avec vivacité. Les cinq types tombèrent avec lui au sol et se mirent à le bourrer de coups silencieusement, avec une rage sans méthode. Il n'y avait pas un mot, que des grognements, des ahans, des souffles. Il ne se défendait pas vraiment, tentant seulement de bouger, dans l'espoir de gagner de temps et qu'ils se lassent. Vite ils s'habituèrent à l'obscurité et leurs coups devinrent plus précis, plus méthodiques. Sa tête saignait déjà, du choc sur les dalles en tombant, et sa langue ramena un goût de sang d'une lèvre ouverte. Une faiblesse extrême était en lui et il cessa bientôt sa vaine entreprise de ramper pour leur échapper. Il soufflait comme une bête et ils se contentaient de le tenir à deux, tandis que les trois autres allumaient leurs cigarettes.
— On y va, les gars, dit David.
— Ta gueule, dit Laurent.

L'Arabe avait reconnu David mais il ne dit rien, comprenant que sa seule chance était dans l'immobilité et le silence.

— On s'est pas fait chier pendant deux jours pour s'arrêter là.

— Je te dis que ça suffit comme ça, dit David d'une voix plaintive.

— Et moi je te dis ta gueule.

L'Arabe vit le bout rougeoyant d'une cigarette s'approcher et il crut qu'un des types se mettait tout près pour lui parler. Ce n'est qu'en sentant la brûlure sur son sein qu'il comprit que la discussion n'était pas à l'ordre du jour. Il hurla. Hurla encore quand une autre cigarette le brûla aux genoux, au bras, sur la joue. Les deux qui le tenaient l'invectivaient avec des mots incompréhensibles, des bruits de gorges et de nasaux. Un lapin dans son terrier, voilà ce qu'il était, entouré de notre belle jeunesse, débordante d'énergie à dépenser, un dimanche soir de fin de saison, quand les distractions commençaient à manquer et qu'on risquait l'ennui.

L'Arabe se souvint de ce qu'avait dit Juste, ici c'était la maison du fossoyeur et il se dit qu'ils allaient le tuer là, et le laisser, et ce ne serait même pas la peine de l'enterrer.

Ils chuchotaient entre eux, lui donnant des petits coups — de poing, de pied — histoire de passer le temps.

— Si on rappelait le gamin ? dit une voix.

David se taisait. Ils ramenèrent Trevor et lui donnèrent une cigarette. Le gosse essaya de la mettre dans sa bouche et de tirer dessus. Ça les explosa de rire comme il toussait, le petit con.

— C'est pas pour ça, dit Laurent, c'est parce que ton copain le crouille il a les poils du nez trop long alors tu dois l'aider.

Le gamin hésitait, alors ils lui bourrèrent un peu le dos, gentiment parce que ce n'étaient pas des mauvais types, et puis ils rigolaient, et aussi il y avait le sentiment familier de sa peur, et en plus ils étaient grands, sans blague. Il pensait aussi que l'Arabe l'avait vu, dans la colline, et que si le feu avait pris il le dénoncerait. Il mit la cigarette entre ses doigts et l'approcha des narines de l'Arabe.

— Allez ! Allez ! Vas-y ! Comme un homme !

L'Arabe voyait une boule rouge brûlante en plein milieu de son front. Quand le gamin appuya d'un coup il se mordit la lèvre jusqu'au sang et les deux qui l'entravaient durent lui en mettre un gros coup pour le garder calme alors que les autres se poilaient. De temps en temps, Sylvain montait sur le lit et lui donnait un coup de pied dans les couilles, sa manière de montrer que, selon les grands principes olympiques, l'important c'est de participer. David était assis sur les marches à l'entrée. Il n'y avait que Michel dehors, qui s'était privé de la rigolade pour faire le guet. Il faut dire qu'il avait les bras épais comme des baguettes de saule, si maigres qu'ils n'avaient pas voulu de lui à l'armée.

Une fois qu'il eut commencé, le gamin brûla l'Arabe de partout et finit en apothéose par lui éteindre la cigarette dans le nombril, sous les rires et les applaudissements. On lui promettait un futur glorieux. Ils avaient enfoncé dans la gorge de l'Arabe la moitié de son T-shirt et ça l'avait calmé. De temps en temps il essayait de se soulever comme s'il voulait vomir, ce dégueulasse, mais les deux G le tenaient solidement. S'il vomissait à l'intérieur et qu'il en crève, qu'est-ce ça pouvait nous foutre ? ce serait un détail de plus de l'histoire. La cloche de l'église avait cessé de sonner, comme tous les soirs à partir de dix heures, pour ne pas déranger le sommeil des braves gens, et Mamine apaisée, la bouche pleine de chocolat, regardait la télé aussi longtemps qu'il fallait pour que la télé la regarde. Le gamin était avec les grands, il fallait qu'il s'amuse et que jeunesse se passe.

Dans la cave ils fouillaient tout et ils retournaient tout, sauf les pierres tombales empilées au fond qui leur produisaient une impression désagréable. Laurent rigola que c'était la nuit des morts-vivants et que bientôt les cadavres se lèveraient. Il fit des ha ha d'une voix grave et caverneuse et ils se forçaient à rire. Ils s'emmerdaient, en même temps. L'un des deux G protesta que c'était pas drôle, de le tenir, ça puait l'Arabe en plus, et Laurent, qui avait toujours le mot pour rire, lui dit qu'il n'avait qu'à le tenir par le kiki, c'te blague, et ils lui descendirent le short pour voir comment c'était fait, celui d'un Arabe. Là il fallut que Sylvain s'y mette avec eux pour le maintenir, et quelques solides baffes pour lui apprendre à résister à la force publique, parce que ça ne lui plaisait pas, à ce pédé, et qu'il se débattait comme la grande furieuse qu'il était devenu. Non mais. Pour lui apprendre, ils lui couvrirent la tête avec son caleçon.

David, qui avait regardé dehors, tourna la tête vers eux et leur dit qu'ils étaient dégueulasses. Que la fiotasse de la marine, la fifille à sa Mamine, qui la veille les suppliait à genoux de l'aider, les accuse de cruauté mentale, ça mit Laurent en rage, et les deux G avec. Comme téléguidé, Sylvain alla lui mettre un pain sur la poitrine, puis un coup de pied dans les chevilles, et David couina.

— Écoutez-moi un peu cette gonzesse, ricana Laurent. Tu les aimes, les Arabes, en fait, ils te font bander, tu es une petite pute.

David était paralysé par la peur et il résista à peine, sans comprendre vraiment ce qu'ils voulaient quand ils se saisirent de lui. Laurent encourageait la troupe, à la manière d'un commentateur de courses de chevaux qui se serait mis à l'acide.

— Amenez-la-moi, cette petite mignonne, qu'on voit comment elle est montée. C'est vrai, ça paie pas de mine tout habillé, mais quand tu décalottes c'est des jolis poulains. Elle les aime, les Arabes, moi je te le dis et je vais le prouver. Retournez-moi cette saleté, il sent le cochon grillé, ça me débecte, je ne veux plus voir sa face de rat.

Les deux G retournèrent l'Arabe nu, le short sur ses pieds, le T-shirt dans la bouche, et lui attachèrent les mains dans le dos. Il y eut encore quelques rires, et d'une bourrade, Sylvain, le premier à comprendre l'intérêt de ce nouveau jeu, fit tomber David sur l'Arabe. Maintenant il se battait tandis qu'ils lui enlevaient ses pompes, lui arrachaient son pantalon.

— Regardez-moi ça, sifflait Laurent, même quand ça se bat ça fait la fille, ça vous agite ses petits bras et ses petites jambes, c'est que ça nous grifferait, c'est méchant quand ça veut, ça donne des coups interdits par toutes les fédérations internationales.

Les sanctions pleuvaient sur David sous forme de coups dans le dos, dans les jambes, sur les fesses. Il reniflait sans pouvoir s'arrêter.

— Tu vas me l'enculer, cette saloperie d'Arabe, continuait Laurent, parce que si tu ne l'encules pas c'est moi qui vais t'enculer avec tout ce qu'on trouvera dans le secteur, et crois-moi, ton petit cul va adorer ça. Alors dépêche-toi de devenir raisonnable, parce que sinon on va perdre patience.

David sentait le corps de l'Arabe sous lui, son odeur, ses tremblements, ses mouvements qui n'étaient plus de résistance mais de poulet qu'on égorge.

On ne s'occupait plus de Trevor qui regardait tout ça avec la même expression que devant la télé. Ça se marrait encore, mais presque plus, peu à peu s'installait la solennité du moment, une cérémonie secrète, le tournage de la grande scène d'amour, avec des larmes et des sentiments forts. David sentait des mains qui l'empoignaient et, avec une terreur profonde, tentait de dissimuler son commencement d'érection. Il chuchota des mots qui voulaient dire pardon et que l'autre n'entendit pas, parce qu'il s'était évanoui.

À quatre heures du matin, Juste fut réveillé par les sirènes de plusieurs voitures de pompiers qui filaient sur la route des Pierres. Il se leva en grinçant comme une vieille porte et s'habilla sans maugréer plus que ça — sa nuit était finie de toute façon, et il n'avait jamais su traîner au lit. Il descendit l'escalier avec précaution. C'était devenu toute une entreprise, maintenant, avec la hanche, il sentait son corps près de céder sous lui à n'importe quel moment. Il ouvrit grand les volets de la cuisine et se fit chauffer l'eau pour le café. Il sortit dans le jardin. Il n'y avait pas d'odeur de fumée dans l'herbe mais aussi bien, avec le léger vent d'ouest, porteur de pluie, elle était chassée plus loin dans la vallée, vers les cascades de pierre et au-delà, les montagnes qu'on ne voyait pas d'ici et qui étaient de la même famille que nos petits monts. Une autre voiture de pompiers passa. Les sirènes retentissaient. Là-haut, la colline devait être pleine de lumières bleues et orange, encore un de ces salopards, pensa Juste, qu'on aurait dû châtrer avant de les envoyer devant des juges, et puis on montrerait leurs couilles à la télé, ça te les calmerait, les apprentis Néron.

Il but son café tiède. Il avait sorti une vieille revue sur la vie dans les carrières et, lunettes perchées sur le nez, il recopiait des mots et des phrases dans un petit carnet. Il refit le dessin d'une sguille dont la forme ne ressemblait pas à l'outil qu'il avait conservé et ne donnerait pas à ces petits types qui n'avaient ni respect ni connaissance des traditions. De temps à autre il levait une oreille.

Au jour qui se levait, on vit les voitures de pompiers commencer à redescendre. La voiture du maire passait au ralenti et, voyant que c'était ouvert chez lui, s'arrêta. Le petit homme était pâlot mais la jovialité était son métier.

— On l'a échappé belle, dit-il en serrant la main de Juste.

— Qu'est-ce qui s'est passé ?

— Un de ces gars qui t'allument un feu dans la colline pour se griller une saucisse, comme si c'était l'endroit pour faire un barbecue. Il a cru qu'il éteignait mais il n'a pas éteint. Ça a couvé des heures et puis c'est parti d'un coup. Heureusement c'était une zone qu'on avait bien débroussaillée, et puis il y avait un chemin d'arrêt.

— En somme, tu as bien fait ton travail, et la patrie te sera reconnaissante.

— Je te dis seulement qu'on a de la chance et tu m'accuses de faire de la politique ! Je sais, tout ce que je fais dans le village va de travers, mais à ce point-là, c'est de l'acharnement, Juste.

— Ton père était un homme bien.

— Ça doit sauter une génération, ces choses-là. Dommage que je n'aie pas d'enfant.

— Je ne t'ai pas accusé, va. Tu sais comment je parle. Et puis tu es allé là-haut, c'est bien.

— Merci.

— La prochaine fois que tu y retournes, va voir les petites carrières, au-dessus de ton paint-ball de merde. Avec les graffitis et les bouteilles de bière cassées, c'est une disgrâce que, si j'étais maire, ça m'empêcherait de dormir.

Le maire soupira.

— Je le ferai, Juste. Simplement ces choses-là…

— Ne dépendent pas de toi ?

— Voilà. Mais je le ferai.

— On a attrapé l'ordure qui a mis le feu ?

— On ne les attrape jamais, tu sais bien. Sauf quand ils sont trop cons.

— Va te reposer.

— Et toi, fais quelque chose pour cette hanche.

— J'y pense.

Juste regarda la voiture s'éloigner, traverser le carrefour et disparaître. Il essaya de lire encore sa vieille revue, mais le cœur n'y était plus.

Il prit son chapeau et descendit le chemin de la petite place des Hommes.

L'Arabe ne voulait pas porter plainte. Des gendarmes il en avait soupé, mais cela il ne le dit même pas, ne dit pas grand-chose, à peine des oui ou non quand la doctoresse, chez qui Juste l'avait amené, le soignait et le pansait. Elle était d'un naturel bavard et ne pouvait se retenir d'une exclamation, sa favorite étant « putain de moine », ce qui convenait bien face à ce corps transformé en champ de bataille couvert de cratères d'obus. Quand ce fut fini, elle lui dit de revenir le lendemain et il hocha la tête comme s'il pensait à autre chose. En sortant de l'impasse où elle tenait son cabinet, Juste l'installa dans l'utilitaire et acheta son journal. Les nouvelles étaient mauvaises d'où qu'elles viennent, disait la chanson, mais nous savions désormais que nous pouvions crouler sous le poids des catastrophes naturelles et en mourir, en mourir complètement et sans rémission quoique ce fussent de toutes petites catastrophes, à peine dignes d'une notule dans le grand livre des catastrophes.

— Il y a encore un connard qui a mis le feu dans la colline, dit Juste.

— Je sais, dit l'Arabe.

Ça lui coupa la chique, à Juste. Qu'est-ce que ça voulait dire ? Que l'ordure qui avait mis le feu, c'était lui ? Il ne voyait pas d'autre hypothèse. Le poids de l'étrangeté du type n'avait pas vraiment disparu, mais il s'était allégé ; pour le coup, il se le prit en plein. Il bouillait de colère, comme si l'autre l'avait brûlé personnellement. Tout juste s'il ne lui en voulait pas d'avoir eu la chance qu'il n'y ait pas de dégâts.

— Je n'ai pas dit que c'était moi, dit finalement l'Arabe, dont le regard n'avait pas quitté la perspective de la grand'rue.

— Tu as dit quoi, alors ?

— Je t'ai dit que je savais.

— Ça veut dire que tu sais qui ?

— Oui.

— Mais que ce n'est pas toi ?

— Non.

Juste s'arrêta devant chez le coiffeur, un coiffeur paysan dont l'enseigne peinte sur les volets bleus représentait un barbier à l'ancienne, serviette blanche sur le bras, le blaireau frétillant au bout de la main.

Ils se firent couper les cheveux par un homme jeune qui savait quand parler et quand se taire. Il avait des mains rapides comme des colibris. À la fin Juste paya pour deux et l'emmena chez lui.

— Tu ne peux pas descendre là-bas, dit-il en

montrant le chemin de la petite place des Hommes.

L'Arabe acquiesça. Il gardait les yeux sur les rosiers grimpant sur le muret et le portail. Les fleurs avaient tenu tout l'été — jaunes, presque fauves.

Avant de lâcher d'épuisement, l'Arabe lui raconta ce qui s'était passé, le gosse dans la colline et comment il avait cru éteindre. Juste le crut aussitôt.

— Les gars qui t'ont mis dans cet état-là, dit-il, il faut les retrouver.

— Ça ne sert à rien.

— Tu as peur ?

— Non, je m'en fous.

— Moi je ne m'en fous pas. Et puis je n'ai pas besoin de toi. Je sais qui c'est.

— Laisse-moi me reposer. Ce n'est pas ça le pire.

— Qu'est-ce qui est le pire ?

— Ce n'est pas ça le pire.

La voiture de Bernard s'arrêta devant chez Juste mais seule l'Indienne, la Sauvage, en descendit.

— Tu ne veux pas venir ? demanda-t-elle à Bernard. Tu es sûr ?

Il avait déjà dit qu'il était sûr, il viendrait la chercher plus tard, lorsque Juste s'approcha d'eux. Il la salua et fit le tour de la voiture pour parler à Bernard.

— J'ai besoin de toi, dit-il.

— Ce que tu voudras, Juste.

Juste attendit que la fille soit entrée chez lui pour prendre place à côté de Bernard.

— On a des choses à dire aux gendarmes, dit-il.

Bernard démarra sans lui demander quoi.

Juste avait recouvert l'Arabe d'une couverture et elle ne vit de lui qu'une joue, une joue brûlée. Bien sûr Bernard l'avait prévenue mais elle se mordit les lèvres. Dormait-il vraiment ?

Elle l'entendait à peine respirer. Peut-être allait-il se réveiller et prononcer de nouveau les quelques mots qu'il avait dits cette nuit-là, sur la plage des Oublies, et par lesquels il avait griffé son cœur plus que n'auraient fait des déclarations.

Tu es douce.

Tu es jolie, je crois, la plus jolie que j'aie vue au monde.

Il fait bon.

Plus près.

J'ai froid, mais pas près de toi.

J'avais peur, si tu savais.

Reste.

Je ne sais pas. Montre-moi. Reste encore.

Elle se les était répétés, ces mots, mais il n'en restait rien, comme s'ils s'étaient échappés avec le vent, ou avec les camions d'équarrissage et l'odeur pestilentielle de la baleine en charogne.

Il ouvrit les yeux.

— Tu es là, dit-il.

Un instant, elle crut qu'elle s'était trompée mais il se tut à nouveau et ses yeux la fuirent, s'incrustant sur les rangées de livres de la bibliothèque de Juste et l'écran noir de la télévision. Il fit un effort pour se redresser et la couverture tomba. C'est alors qu'elle vit les brûlures, les blessures, et qu'elle eut peur. Elle passa les mains sur son ventre, décidée à ne rien lui dire. Quelque chose d'aussi bête que « Oh mon Dieu » fut sur le point de passer ses lèvres.

— Tais-toi, dit-il un peu sèchement, croyant peut-être qu'elle allait l'inonder de sa compassion alors que c'était plus simple, mais de toute façon il ne croyait pas si bien dire, elle se tairait avec lui.

Elle cala sa tête contre le bas du canapé et tint seulement la main qu'il lui laissa, une main curieusement intacte qu'elle se retenait de caresser car cela l'aurait blessé plus encore et il fallait le laisser guérir, guérir à son rythme, et revenir ensuite.

Le silence les entourait.

Elle se releva et remonta la couverture sur lui. Il avait refermé les yeux mais il ne dormait pas.

— Prends soin de toi, mon gars, dit-elle d'une voix étranglée et il ne bougea pas la tête.

Elle prit à pied à travers le village, pleurant tant et plus, ce qui n'était pas son genre, à l'Indienne, la Sauvage, mais il y a des moments où, et puis merde. Ils ne lui disaient pas un mot dans le village, personne pour lui poser la main sur l'épaule, et tous à se repaître du pestacle. Inconnue elle ne le resterait pas longtemps, elle ferait partie d'une histoire qu'elle soit là ou pas, la fille qui pleurait dans les rues sans se cacher.

L'Arabe se rendormait sur le canapé de Juste. Il avait chaud et il lui semblait que ses blessures brûlaient et suppuraient toutes en même temps. Elle lui manquait déjà, l'Indienne, mais de toute façon, quoi, qu'est-ce que tu veux ? Par éclairs, des scènes de la nuit lui revenaient, dans une forêt ravagée par le feu. Des sorciers et sorcières tournaient autour de lui, cagoulés, et le torturaient avec des chants, des cris perçants, des pointes métalliques et des brandons. Son corps était agité de secousses électriques — dire que c'était ça, se reposer. Son frère lui manqua terriblement. Mais de se dire que bientôt il irait le voir dans sa prison, là-haut, n'évoquait rien. Il avait sur lui une lettre écrite et qu'il n'avait lue qu'une fois. Dire « mon frère » c'était faire surgir l'image de cette main forte qui le tenait tandis que les eaux montaient dans la vallée et emportaient leur maison. Quant à sa mère, d'y penser seulement lui tordait les boyaux.

Juste revint et lui fit à manger.

— J'ai été voir les gendarmes. Je leur ai dit.

— Tu leur as dit quoi ?

— Pour les types qui t'ont arrangé.

— Il ne fallait pas.

— Je ne te demande pas ton avis.

— Il ne fallait pas.

— J'ai vu le gars qui te connaît, Estevan. Un gars bien, je crois.

L'Arabe n'écoutait plus rien de son monologue habituel, de ses souvenirs, de ses anecdotes, de ses histoires et de ses plaintes.

À la fin du repas il s'essuya les lèvres poliment et se leva pour partir.

— Où vas-tu ? demanda Juste.

À cela, l'Arabe ne répondit pas, ni à ce moment ni jamais.

Quatrième partie

L'AIR

Au pays des eaux mêlées, le ciel s'élargit et emplit l'horizon. Le vent qui tourbillonne est suffocant tandis qu'une guirlande de virgules, les aigrettes blanches, ponctue le ciel bleu nuit. L'air occupe tout l'espace et, lâché sur une digue, un homme seul finirait par s'envoler s'il atteignait la limite. Il n'y a plus ni arbres ni fleurs, la végétation est réduite à des touffes indistinctes mangées de sable et de sel. Dans la hauteur, enveloppés de nuit naissante, les oiseaux n'ont plus qu'une couleur unique, un gris fuyant vers des pays forcément lointains. Au ras du sol il passe un courant chaud, porteur de balles d'écume et de brindilles, de gouttelettes envolées de la mer, de poussière. Il n'a pas plu depuis la fin des temps. Sur la mer sans une voile — car cela fait un bail que les bateaux ne passent plus par ici —, le large vide s'élargit, habité par les seules vagues et des mouettes paresseuses qui ne franchissent pas la barrière des dunes, à quelques mètres du rivage.

Derrière, c'est l'étendue des marais et des lacs, les bois cachés, les animaux imaginaires, les mugissements immatériels, les lits d'algues vertes où dorment les suicidés. La violence des hommes s'endort dans l'eau saumâtre, elle s'y glisse et y marine peut-être pour quelques siècles. Les détonations des fusils des chasseurs s'étouffent entre les concerts de grenouilles. Les roseaux dissimulent ce qu'on veut, c'est-à-dire rien de palpable, rien de réel, de l'en-fuite, du sous-le-vent. La terre entière est plate comme une main pâle et inerte, où une vie minuscule grouille à la surface de la peau. À la fin de l'été, les moustiques se multiplient par millions et créent des nuages qu'il ne fait pas bon traverser. C'est une terre inhospitalière et mortelle, et qui attire, retient malgré ses maléfices ou à cause d'eux, les magies lumineuses qu'elle réserve aux heures improbables, une terre alanguie où les passions mijotent dans les mares et déchirent les âmes en un éclair.

Comment vient-on, ici ?

Il faut marcher, je crois.

Il s'est formé du chemin à parcourir une carte dans sa tête dont certaines sections sont incroyablement précises et d'autres plus que blanches, des étendues molles où il flotterait comme une âme à la dérive. Les hypothèses du désert ne sont pas moins effrayantes, avec leurs tourbillons, leurs guerriers mangeurs d'hommes.

Il n'a ni carte ni boussole. Avec son reste d'argent il s'est acheté un petit sac à dos, quelques provisions, de l'eau. « Vous allez piqueniquer ? » a demandé la jeune fille à la caisse, feignant de ne pas remarquer ses blessures. Il a été surpris que cela puisse être cela. Et pourquoi pas ? Un pique-nique le lundi, le jour où les travailleurs travaillent, c'est l'Indienne qui serait fière de lui. L'image de l'île aux Rats lui traverse l'esprit. Le ballet silencieux des chargeurs et des dumpers. Il va d'un lieu à l'autre, suivi par des rouleaux de poussière, avec des ailes aux pieds, se rafraîchissant d'un plongeon de dauphin dans un des deux lacs quand il fait trop chaud. C'est une image lointaine, floue, pas pire qu'un souvenir, même s'il s'est échappé d'une autre vie.

Vite, il quitte la route.

C'était d'instinct quand les gendarmes l'ont libéré et qu'il a passé sa nuit dans l'ermitage. Maintenant, il voit qu'il est traqué depuis toujours : le choix n'existe pas. Il marche le corps crispé, non comme un promeneur mais comme un criminel. Dans les films, les fugitifs ont une imagination sans limites et, quoiqu'il leur arrive d'affreuses avanies, leur survie est inévitable. Son corps ne lui fait pas mal. Son corps, lui aussi, peut être celui d'un autre. Il n'est pas passé chez la doctoresse et elle a appelé Juste pour le retrouver et l'engueuler un coup — c'est ce genre de doctoresse. Ça lui fait de la peine. Il est loin — mais pas si loin que ça.

Son chemin s'arrête à l'ancien aqueduc qui traversait la vallée pour alimenter la ville. Il a dû, pour y arriver, batailler au milieu des broussailles et des ronces, sur la pente raide d'un vallon à l'ombre duquel il n'y a aucune saloperie humaine à fabriquer et qui a été laissé à sa sauvagerie. Ici, même les chevaux ne passent pas. Lui se griffe encore le visage et les bras ; il doit serrer les dents car les blessures de la nuit précédente s'ouvrent et saignent aussitôt. Puis en émergeant du vallon, suivre l'aqueduc n'est plus une affaire aussi paisible. Le terrain est irrégulier, pierreux de pierres coupantes, puis se défait en lanières de terre meuble où la marche n'est pas heureuse. Il rejoint la route de l'Envers par une draille et aussitôt les mêmes angoisses le reprennent et le font étouffer — être vu, pourchassé, frappé. Il ne revient pas vers l'aqueduc, mais il se force à suivre le bas-côté de la route. Ce n'est pas la route principale vers la ville, et il y passe peu de voitures. Sur une des collines à main droite est dissimulé l'ermitage. Il croit apercevoir la chapelle aussi, minuscule point noir à la lisière d'un champ de tournesols épuisés. Les larges fermes de l'Envers sont derrière des bosquets de peupliers, de pins, un tracteur est à l'œuvre dans un champ, suffisamment loin pour qu'il ne se jette pas dans le fossé. Sur un talus profond traînent des fleurs bleues attardées et il en cueille une nerveusement. Trouve des mûres et s'arrête avec un appétit d'enfant. Il lui revient aux oreilles les bêlements de ses moutons et le son de la flûte, quand il gardait les troupeaux sur les pentes proches du marabout. Le temps s'efface et s'étire à nouveau, l'air s'allège. Puis le sentiment d'urgence le reprend, avec le commencement du regret.

Est-ce qu'il n'aurait pas pu la garder, la main de l'Indienne ?

Était-ce si difficile ?

Maintenant qu'il est loin d'elle, toute son étrange stratégie pour lui échapper depuis des semaines lui apparaît dans son absurdité. Il a voulu la protéger — la protéger de quoi, je te le demande. Le peu qu'il a voulu, de toute façon, voilà ce qu'il en reste. Il s'interdit de penser à elle.

Derrière un bouquet d'arbres il voit un cours d'eau, mince et nerveux comme un torrent de montagne. Il se baisse pour offrir ses mains en coupe lorsqu'il aperçoit de l'autre côté des cochons noirs, en masse, qui l'observent en grognant pas plus que ça. Il crache ce qu'il avait dans la bouche, se lève précipitamment. Quand il a regagné la petite route il a encore la nausée.

Il passe au milieu d'une grande plaine asséchée, semée de pierres, de rocs plutôt, on dirait le produit d'une grêle dans une guerre entre géants, aux temps d'avant. La terre est craquelée et rien n'y pousse que ces cailloux aiguisés, serrés les uns contre les autres, sur lesquels les étourneaux viennent se poser en volées.

Quand il voit la première maison au bord de la route, il comprend que la ville est proche. Il sait qu'il lui faut rejoindre le fleuve, mais le moyen d'y parvenir sans fréquenter les hommes, sans se frotter à eux, cela il ne le connaît pas.

Il passe devant les installations sportives neuves — terrains avec panneaux de basket et de handball, piste de course, gymnase. Il se souvient du cube de l'école qui venait d'être repeint en orange quand il est arrivé, toujours au bras de son frère, autour de ses sept ans. Son enfance le bombarde — le son mat des voix enserrées dans le berceau des montagnes.

Ici, rien ne résiste à l'envahissement du ciel, tout glisse sur la plaine interminable et termine en clapotis, sous la lumière des marais. Il se retourne vers la vallée où les collines s'aplatissent et se grisent. Quand ils étaient dans le jardin, Juste lui a parlé de ces collines et lui a dit comme c'était dur de les arracher à la cupidité des riches, qui voulaient tout le beau pour eux, au nom du bien du peuple. Tout ça nous a été enlevé bout par bout, disait Juste, champ par champ, pierre par pierre, et un matin on s'est réveillés, on n'avait plus qu'un jardin, encore un effort et on sera redevenus plus pauvres que nos pères, qui étaient arrivés sans rien, parlant à peine la langue. Comme moi ? avait risqué l'Arabe. Juste n'avait pas hésité : « Comme toi, si tu veux », mais il s'était retenu de dire « comme des chiens » par une délicatesse bougonne.

Pour éviter le centre-ville, il descend une rue transversale qui passe pas loin de la cour de la gendarmerie. Il s'imagine entrer et demander Estevan. Sa tristesse lui manque car, de toutes celles qu'il a rencontrées, c'était la mieux accordée à la sienne. Et puis c'est l'homme, chez les Blancs, qui n'a pas attendu pour le regarder directement, sans jugement. Il ne sait pas le prix que cela a coûté et n'a pas besoin de le savoir. En bas de la rue, il suit un canal d'eau verte et trouve une allée avec des tombes et des cyprès. Certaines pierres sont déplacées et on pourrait se glisser dans les tombes et dormir. Il n'ose pas essayer. Il voit une cabane où l'on vend des tickets et il comprend que ce n'est pas une allée de tombes mais un monument qu'on visite. Il n'est pas ici pour visiter, d'un coup il n'a pas le temps, fait demi-tour.

Il traverse les quartiers laids de la ville, ceux que les visiteurs pressés, avides de l'illusion de sa beauté, ne voient pas. Il presse le pas comme un étranger au milieu des Arabes, il lui revient des souvenirs de querelles, d'embrouilles... et toujours la main de son grand frère qui arrive et l'emmène en coup de vent, il est toujours ce petit garçon et il y a cette grande main, fine et nerveuse, qui le met en sécurité avant de lui retourner une claque s'il ne fait pas ce qu'il faut.

Les immeubles s'espacent, il passe un stade de football, suit une route qui sinue entre les entrepôts, des marchands de voitures, de pièces détachées, de mobilier de jardin, d'accessoires de piscine. Il voit bien qu'il marche là où il n'y a que des voitures mais il n'est pas vulnérable, pas à ça. Il repense à la voix de la doctoresse et à son ordre de revenir le voir pour refaire les pansements. Ils ne sont pas si mal, les pansements.

Bientôt, la route s'élève vers la sortie de la ville par le nouveau pont routier et il le suit, s'imaginant monté sur roues. C'était cela, son seul jouet dans la vallée, une petite voiture en plastique, et il fallait l'en arracher le soir. Ses rêves étaient peuplés de vroum vroum ; plus tard à la télévision, il ne se lassait pas du spectacle des courses de voitures. Un coup de klaxon, un poids lourd le double en le serrant, il monte toujours. En accédant, il trébuche sur le rebord du trottoir et manque valdinguer. Il avance prudemment et se tient à la rambarde. Il s'en fout maintenant, qu'ils le klaxonnent s'ils veulent. Au milieu du pont, il se retourne vers la ville. Le fleuve n'est plus de la couleur de boue qu'il avait pendant les inondations. De l'autre côté, quelques rangées d'immeubles bas, et puis derrière c'est la campagne. Son regard revient vers le fleuve, grès et gris, large et lent. Il ne le quittera plus.

Tout ce qu'il sait, David, c'est qu'ils sont partis à pas d'heure, le laissant en flaque d'homme au pied du lit de l'Arabe. L'autre respirait bruyamment, savoir s'il pouvait dormir avec ce qu'il avait dégusté, en tout cas il n'était pas mort. Il avait peur qu'ils reviennent, comme si les menaces n'étaient pas suffisantes, comme s'il allait les balancer. Son corps le brûlait encore et il avait froid en même temps, à claquer des dents. Il a ramassé ses vêtements éparpillés en tâtonnant, sûr de rien, terrifié à l'idée de devoir ressortir à poil de la cave. Les aboiements des chiens faisaient partie de sa panique et de sa honte. Peu à peu il a réussi à se calmer, à respirer normalement. Membre à membre il s'est rhabillé, avec la maladresse d'un enfant de trois ans qui enfile sa chemise à l'envers et ne reconnaît pas son pied droit du gauche.

Il s'agenouille à côté de lui, tout près de sa tête tournée de l'autre côté, et il écoute. Le souffle est rauque, irrégulier, entrecoupé de sifflements et de petits cris. Il a la gorge pleine de mots qui ne sortent pas, même en murmure.

Il récupère sa montre qui avait giclé sous le lit. Il pense qu'il reste peu de temps et que ce temps-là seul compte — rien d'autre n'est important, ni embrasser Mamine, ni récupérer son sac, ni appeler des secours pour l'Arabe. Ce qui compte, c'est d'attraper son train. Il voit le vélo appuyé le long du mur et il n'hésite pas plus. Toute sa volonté défaite, tout son courage évanoui lui reviennent et se combinent pour l'aider dans son objectif héroïque. Il ne prend pas le soin de ne pas faire de bruit en calant la barre du vélo sur son épaule et monte les six marches. La porte est restée entrouverte et elle claque derrière lui. Les chiens de la petite place des Hommes aboient comme ils ont toujours fait sur la petite place des Hommes. Tout est bon, de toute éternité, chez nous ressemble à chez nous.

Il monte le chemin à pied, passant sans un regard pour le renfoncement dans le mur qui, à l'âge de son enfance, était une grotte ouverte à tous les jeux. Il ne s'attarde pas devant chez Juste et enfourche le vélo qui le surprend par son poids. Le temps d'atteindre le carrefour, il le maîtrise, et l'euphorie le remplit tandis qu'il roule à travers le village où les seules silhouettes sont celles de veuves insomniaques qui se préparent à aller au cimetière. Près de l'église et sur la place, on enlève les bannières des fêtes et les drapeaux descendent. Les forains partent, ce n'est plus la saison des manèges et des beignets, du tir à la carabine et des coups francs. Des autotamponneuses ont remplacé celles qui avaient été volées mais elles s'en vont à leur tour. Le sable dans l'arène déserte est balayé par le vent. Ciel gris, orage peut-être, mais il n'en a cure.

Dans une demi-heure il sera à la gare, sur le quai, attendant le train vers la grande ville du Sud. Il aura laissé le vélo de l'Arabe contre un mur, près de la boîte aux lettres. Les gens jetteront un coup d'œil sur sa tenue délabrée mais il les fixera comme fait un soldat et ils détourneront les yeux parce que c'est toujours comme ça que ça se termine.

De l'autre côté du pont, l'Arabe a survécu à la circulation du carrefour en sautant de terre-plein en terre-plein. Dès qu'il aura rejoint la route du Sel, il ne lui restera plus qu'à retrouver le fleuve. On ne le voit ni ne l'entend mais il est là, tout proche. Vite il monte sur le remblai sans attendre un des chemins d'accès, escaladant le talus recouvert d'une herbe ayant tourné au jaune. Il met les mains pour ne pas glisser et atteint le sommet et la digue, sans grâce, pagayeur plus qu'alpiniste. À vingt mètres en contrebas, le fleuve passe : ce n'est plus le dévoreur grondant qu'il a connu pendant les inondations mais il roule ses épaules et ses muscles sous son allure bonasse.

Le vent s'est levé, un vent de terre qui chasse les nuages vers la mer et le large dont rien encore ne laisse deviner l'approche. Ici les terres s'agrandissent et l'on n'y voit pas d'hommes courbés. Et puis moins il en voit, moins il en veut, des hommes, et la vue au loin d'un troupeau de bêtes lui fait presser le pas, baisser la tête. Il veille à écarter les bras du corps pour ne pas irriter ses blessures encore vives, tout brûle encore au milieu de son corps, là où le gosse a écrasé sa cigarette, comme si une vis chauffée à blanc avait été enfoncée jusque dans le mou de ses organes. Il se satisfait de n'avoir pas tout vu, et d'avoir fermé ses oreilles à l'essentiel de leurs insultes, mais cela ne suffit pas — ni pour éloigner la souffrance ni pour échapper aux images, au théâtre d'ombres, au souvenir du poids de cet homme nu sur son corps et qui tremblait, plus fort que lui peut-être. Il lui semble avoir reconnu son odeur à l'aube, tandis qu'il était seul et reposait sans dormir.

Le vent par rafales lui amène aux narines des odeurs saumâtres, poissons morts, bois pourrissants, il ne sait — de la vie qui se décompose et se prépare à la vie d'après. Là où les espaces sont dirigés, façonnés par l'homme, l'illusion est terrible sur une plaine : celle d'un monde qui se gouverne lui-même et obéit à des règles où les mains humaines, pataudes, ne sont que de passage. Génération après génération elles croient le dominer et célèbrent leur triomphe définitif, comme elles ont prétendu vaincre les caprices du fleuve alors que c'est lui qui, à son rythme, a provisoirement cédé aux leurs. Il voit bien que la vérité est dans le fond du fleuve qui roule et, au loin, dans cette mer qui tour à tour mange les terres et comble les marais, effrite, accrète. À cette échelle, les digues et les enrochements sont de minuscules tentatives vouées à l'oubli. Il est happé par le vent qui le presse, le soulève presque. Il ouvre la bouche pour hurler mais aucun son n'en sort, ou bien il est aussitôt emporté.

La digue va droit et il la suit tête baissée. Il n'a pas mangé depuis le matin, il n'a pas faim. Il se dit je n'ai plus faim, je ne mangerai plus. C'est une idée qui lui fait peur, d'abord, et puis il s'habitue. Il lui est arrivé d'avoir faim, sachant que cela ne durerait pas. Maintenant il n'en est pas si sûr : ça peut durer. Pourquoi pas ? Ça peut durer longtemps.

Il jette un coup d'œil vers la route qui s'éloigne de la digue. De rares voitures passent, profitant de la longue ligne droite pour accélérer à fond. Il devine une courbe serrée car il entend les moteurs monter en régime.

Devant lui, il croit voir une silhouette assise et il s'arrête, contrarié d'abord, puis saisi par la peur familière. L'homme ne bouge pas. Qu'est-ce qu'il fait assis sur le bord de la digue ? Il ne voit pas le véhicule, sans doute garé sur le bas-côté de la route. Un pêcheur, voilà. Un pêcheur à vingt mètres au-dessus du fleuve ? Il se marre — un rire silencieux avalé par le vent. Il avance, écarquillant les yeux. À dix mètres de lui il comprend : c'est une souche. Les jambes tremblantes, faible malgré le vent qui le pousse encore, faisant claquer ses vêtements comme les voiles d'un bateau, il avance vers la mer qu'il ne voit pas sans être sûr d'y parvenir.

La télé n'a pas cessé d'être allumée. Trevor s'endort et se réveille avec elle. Mamine dort comme une masse depuis la veille. Il ne prête plus attention au souffle qui soulève sa montagne de corps. Par habitude, il tâche de ne pas faire trop de bruit quand il plonge la main dans le sac de sucreries, il n'aimerait pas qu'elle se réveille en sursaut et lui retourne une gifle.

Après s'être amusés avec l'Arabe, les amis de David l'ont foutu dehors et re-traité de gosse, alors qu'ils avaient promis qu'il serait un homme. Menteurs, tous. Quand la fatigue le rejoint il serre entre ses doigts, tout contre son nez, un bout de tissu imprégné de l'odeur de sa mère, une serviette du salon, ou un truc dans ce genre. Ce n'est pas à son âge qu'on a des doudous mais il a pris cette habitude depuis qu'elle est morte : il se saisit de la serviette dès qu'il entre dans la maison et refuse que Mamine le lave. Ces derniers temps, elle l'a laissé faire sans protester. Depuis que l'assistante sociale est venue et que ça s'est mal passé, elle n'a pas l'air moins grosse mais plus faible elle l'est, sans aucun doute. Pour plus de quelques pas elle prend sa voiture rouge. Le moindre effort la fait transpirer et elle limite le ménage parce que ça lui fait trop mal. Elle se plaint du dos, des jambes, de tout. Elle s'assied dès qu'elle peut.

Le son de la télé était coupé et Trevor le remet, tout bas, dès qu'il ouvre les yeux. Il zappe. Il voit des images du babiroussa, un phacochère qui se perce les joues à cause de ses défenses recourbées, des images de l'univers dans les trois secondes suivant sa création, des images de types en bottes qui attendent Dieu sait quel animal, des images de femmes à moitié nues qui tordent la bouche et remuent des hanches comme si elles en voulaient trop, les salopes, des cartes météo qui se couvrent de nuages parce qu'il n'y a pas d'anticyclone, des images de passages à niveau défoncés parce que l'imprudence humaine n'a pas de limite, des immeubles effondrés, des gens qui craquent, des visages souriants et raisonnables qui protestent que tout va mieux, il faudrait être de mauvaise foi pour prétendre autrement.

Mamine ne bouge toujours pas.

Il se lève et monte sur une chaise pour attaquer un nouveau paquet de céréales. Elle déteste qu'il en attaque un nouveau avant d'avoir fini l'ancien, d'un autre côté elle les achète par cinq et il aime ouvrir ce nouveau paquet et attraper le trésor qui s'y dissimule, le super DVD collector la photo autocollante supercool le supergadget. Il joue cinq minutes avec et ensuite il le balance. Il se verse un bol et il sort. Il s'assied dans la petite cour. Il mange d'une main, attrape et écrase des fourmis de l'autre, puis se lèche les doigts, c'est un peu dégoûtant et sucré. Il voit Juste s'arrêter devant la porte de la cave et appeler puis, faute de réponse, pousser la porte et entrer. Puis il le voit ressortir et, aussi vite que sa mauvaise hanche le lui permet, remonter le chemin. Quelques minutes plus tard il redescend avec la camionnette et va chercher l'Arabe pour l'installer à côté de lui. L'Arabe a l'air d'être un peu mal mais il marche tout seul. L'Arabe le voit et Trevor n'a pas peur — de quoi il aurait peur ? il n'a rien fait de mal, rien sinon ce que les grands lui demandaient.

Et puis qu'est-ce qu'il dirait, de toute façon ?

Si la moitié des mots qu'il a entendus sur lui sont vrais, ce type devrait être mort. Alors il ne va pas se plaindre, non il n'a pas intérêt à cafter parce que sinon les grands reviendront et lui feront son affaire et ce coup-là il n'y aura pas de sursis. L'Arabe détourne le regard, claque la portière et Juste démarre dans un sifflement de vieil embrayage.

Trevor laisse son bol à moitié mangé et rentre chez Mamine. Il s'approche d'elle, tout de même étonné qu'elle n'ait toujours pas bougé.

Puis il va chercher son oncle.

Les heures et les jours qui viennent passent vite, beaucoup de gens inconnus et surtout des vieillards qui sentent mauvais le serrent contre lui et l'appellent mon pauvre petit, il déteste ça car il ne se sent ni pauvre ni petit. Il habite désormais chez son oncle qui ne le touche jamais, se tient même à distance de lui, comme s'il portait malheur. Il retourne à l'école, personne ne lui demande vraiment rien, il flotte de cours en cours, même en maths, et il ne se fait plus battre même s'il n'y a personne non plus pour jouer au ballon avec lui. Un jour, une dame très enceinte vient le chercher à la sortie de l'école et lui offre des paquets de ce qu'il aime et lui parle, lui parle de l'Arabe et il ne sait pas ce qu'elle veut, il se lève et va prendre le car mais il l'a raté, elle ne le suit pas. Il n'est pas bien chez José, sa troisième maison de l'année, et en plus David ne revient pas. Le seul endroit où il retourne c'est la cave de Juste, désormais ouverte et inoccupée, où il joue à cache-cache avec lui-même. Au début, il croit que l'Arabe va revenir et le trouver là et se fâcher très fort et se venger de tout à la fois, et puis à un moment de l'hiver, il comprend qu'il ne reviendra pas. Des nuits d'orage se succèdent et l'empêchent de dormir. Il regarde les éclairs à travers la fenêtre de sa chambre. José l'engueule, le cœur n'y est pas, un homme brisé, fragments de mots entendus et qui rejoignent en lui toutes les familles de mots, gros et petits, qui pèsent déjà dans sa vie qui passe et ne se fait pas. Pour ses onze ans, José lui offre un nouveau vélo, il se souvient que les ennuis ont commencé quand il est tombé de vélo et il refuse obstinément de monter dessus.

Estevan s'arrête devant chez Juste.

Le vieux est dans son jardin, en train d'enlever les feuilles jaunes de son citronnier. Il le reconnaît tout de suite et l'invite à entrer.

— Il n'y a rien, dit Estevan, rien ni personne.

— Qu'est-ce que vous voulez dire ?

— Il a disparu, s'est évanoui, il est parti.

Juste se souvient de son arrivée, et cela le fait penser à son ancêtre le carrier.

— Je serais parti, moi.

— Moi aussi.

— N'empêche.

— Voilà.

Estevan lui raconte qu'il a vu la bande et que leur chef, le grand au diamant dans l'oreille, n'a fait que ricaner au grand bonheur des autres. Où est le cadavre ? A-t-on déposé une plainte ? L'association des Arabes nécessiteux n'est pas contente ? Il n'a pas essayé de rivaliser d'esprit avec ce voyou. Il lui a juste dit que si on le retrouvait, l'Arabe, lui et ses copains passeraient un sale quart d'heure. Retrouvez-le, a dit l'autre, pour être sûr de nous en débarrasser. Les Arabes au village on n'en veut pas. On n'en veut nulle part.

Il ne lui dit pas qu'en voyant cette face satisfaite, en entendant les gloussements des crétins qui entouraient leur chef, il a eu une bouffée de violence, une envie de gifler, de tuer peut-être — il n'y avait pas de limites. Il a serré les dents pour ne rien dire, et il est parti.

— « Ce n'est pas ça, le pire », dit Juste.

— Quoi ?

— Il a dit ça, la dernière fois que je l'ai vu.

— Ça voulait dire quoi ?

— Je ne sais pas.

Juste lui dit qu'il croit qu'il va se faire opérer de la hanche, la doctoresse lui en a encore parlé et ça devient idiot, c'est une opération courante et il en a pour quinze ans, bien plus qu'il n'en faudra.

Selon les règles de la réciprocité, Estevan devrait lui parler aussi de ses poumons mités. Il se contente de hocher la tête et de recommander l'opération. Vous allez être comme neuf, dit-il.

À l'entrée du village du Sel, l'Arabe retrouve facilement la digue par laquelle ils sont passés, quelques semaines plus tôt, le jour de la baleine. Il marche dans la fin du jour où un ciel orange et violet se lève, s'étire, strié d'oiseaux aux ailes lentes qui lui font tordre le cou jusqu'à ce qu'il les perde à l'horizon. Un peu de paix le gagne tandis qu'il pénètre dans le pays des eaux traversé par la digue. Le vent lui rentre dans les narines et, le souffle coupé, il avale un grand coup pour ne pas étouffer. Ses yeux picotent et il presse encore le pas, espérant arriver avant la nuit au village des Oublies. Il surveille où vont ses pieds, évitant des nids-de-poule profonds, se pilotant lui-même. Il a laissé le fleuve mais le fleuve n'est pas loin et le fleuve est partout, il négocie avec la mer en des assauts ni gagnés ni perdus, une guerre qui laisse à la terre un goût de sel, élargit les lacs et les marais et gorge d'eau tout ce qui n'est pas submergé. Il n'y a plus d'arbres, sinon de l'espèce que le vent secoue sans arracher dans ses colères, et le sable apparaît.

Il n'est pas fatigué, il n'a toujours pas faim, il a fini son reste d'eau et il jette sa bouteille vide dans un des containers à l'entrée du village des Oublies, qu'il contourne par la plage. Il n'entre pas dans la nuit des hommes, il voit leurs lumières, leurs caravanes immobilisées, leurs baraques en tôle, leurs bateaux qui ne prennent pas la mer. Des mouettes ennuitées font un festin d'ordures en poussant leur cri répugnant. Au large, une étrange embarcation est ancrée, châssis de camion flottant au mât duquel flotte un drapeau à tête de mort. Il y a des flaques d'eau jusque sur la plage. Il rejoint la piste et place son pas dans les traces profondes des roues. Il n'y a pas de char à voile ni d'engin à moteur. À la hauteur du phare, un cerf-volant sans maître, guidé peut-être par une main fantôme. De loin en loin, le séjour miséreux d'un solitaire absent.

Ses narines frémissent, à la recherche de l'odeur de la baleine. À la clarté des étoiles, avec un quartier de lune descendante, il ne retrouve pas l'endroit exact. Il se repère à la lumière du phare des Oublies qui éclaire au passage les montagnes de sel d'un rayon blafard. Il a encore dans les reins les tours de dumpers qu'il a faits avant que les gendarmes n'arrivent. La baleine était un rorqual bleu, se répète-t-il pour imposer sa réalité, tandis que son esprit lui envoie les images d'un film où elle est emportée vers le large.

Il s'approche de la mer et se déchausse. Tout

près du rivage le vent tombe brutalement. Il se sèche les pieds en les frottant entre ses mains.

Il remonte vers les dunes et cherche celle où stationnait le bus. Il ne la trouve pas. Après quelques atermoiements il en choisit une. Ce sera celle où il a passé une nuit avec l'Indienne. Il s'assied dans le creux et joue à faire couler le sable entre ses doigts, épargnant un scarabée. Des touffes d'herbes des sables sont mollement agitées. Ici, il peut penser à elle avec une gratitude qui lui mouille les yeux. Femme incompréhensible et magnifique qui l'a tenu entre ses bras longs, dont il a embrassé les veines bleues. Ses yeux lui font mal et il s'allonge, il pense encore à elle et la désire.

Il a abandonné son sac quelque part sur la route et il est seul avec lui-même. Dans son sommeil qui ne dort pas, il entend les grenouilles et joint son chant au leur. Il se relève et marche prudemment jusqu'au marais. Il se trempe les mains et le visage. Ses pieds fouillent l'eau jusqu'à la boue qu'il remue.

Dans une autre vie, s'il levait les yeux il verrait scintiller les neiges d'un berceau de montagnes. Ici, il peut les écarquiller tant qu'il veut et il n'y aura que la nuit et ses oiseaux invisibles, innommés — il n'y aura plus que l'air et l'eau. Après avoir ôté ses vêtements il s'allonge dans un demi-tronc d'arbre qui traîne sur la berge et s'y installe sur le dos, prince égyptien d'un long voyage immobile. Les cieux lui filent au-dessus de la tête. Puis il se lève et enfonce ses pieds dans la vase. Quand l'eau lui pénètre dans le nez il fait des mouvements inutiles pour se reprendre, revenir en arrière peut-être et regagner le bord. Son corps a brûlé quand il est entré dans l'eau, mais voici la cure miracle pour toutes ses blessures, celles de la veille et toutes celles de sa vie, les eaux stagnantes à peine animées par le vent s'adoucissent en lui et le salent vivement. Il bat des bras tandis qu'il se quitte, peut-être, sans le vouloir vraiment, dans l'incertitude qui a baigné toute sa vie, invisible comme il voulait sans doute et au-delà, battant des bras encore, pour voler, nager, ne pas perdre l'équilibre, avalé, les yeux ouverts sous l'eau, voyant tout un royaume dont sa vie fait partie, flottant sans limites dans un lac où tout repose, et lui-même.

Elle s'approche, l'Indienne, la Sauvage, et contemple le grand lac de ce qui fut l'île aux Rats. Les voiles blanches des petits bateaux y flottent et des mamans retiennent leurs enfants presque nus et qui crient d'excitation.

Le sien est au bout de son bras, il la chatouille et gigote.

— Hicham, dit-elle, calme.

Il a des yeux noirs heureux. Elle lui montre les oiseaux vert et bleu qui font leur trou dans les berges et s'appellent du joli nom de chasseurs d'Afrique. Ici, il y a longtemps, maman arrivait tôt le matin pour être seule avec eux. Il y a longtemps quand tu étais petite ? Quand j'étais petite, c'est ça.

Il se baigne et joue, sans s'éloigner d'elle. Puis elle le sèche et le garde contre elle. Elle est fatiguée et heureuse de ne pas l'avoir quitté des yeux. Il l'embrasse dans le cou, elle le sent palpiter, lourd de fatigue. Il s'endort quelques minutes et se réveille en sursaut, effrayé, parlant de son cauchemar et des monstres. Elle lui caresse la tête et le cou, lui dit en petits mots de ne pas avoir peur. Il y a longtemps, quand elle était petite, il y avait ce poème — Tout fuit, tout passe ; l'espace efface le bruit.

Il lui demande comment c'était avant et elle lui dit, avant il n'y avait rien que de la terre. Les hommes en ont enlevé toutes les pierres, ils ont brûlé le reste et puis le vent est passé et maintenant voilà, tu vois, c'est pour toi.

Il ouvre ses bras et répète après elle : c'est pour moi.

DU MÊME AUTEUR

Aux Éditions Gallimard

MARIE EN QUELQUES MOTS, *roman*, 1977

LE VOYAGE AU LIBAN, *roman*, 1979

ABEILLES, VOUS AVEZ CHANGÉ DE MAÎTRE, *roman*, 1981

ADIEU, MON UNIQUE, *roman*, 2000 (Folio n° 3675)

UNE MAISON AU BORD DU MONDE, 2001 (Folio n° 3972)

LA PEAU À L'ENVERS, *roman*, 2003 (Folio n° 4258)

UN PONT D'OISEAUX, *roman*, 2006 (Folio n° 4694)

Aux Éditions Robert Laffont

LE MESSAGER DES SABLES, en collaboration avec Léonard Anthony, *roman*, 2003 (Pocket n° 12126)

Aux Éditions de l'Olivier

L'ARABE, *roman*, 2009 (Folio n° 5186)

www.antoineaudouard.com

Composition Nord Compo
Impression Novoprint
á Barcelone, le 20 janvier 2011
Dépôt légal: janvier 2011

ISBN 978-2-07-043939-3 / Imprimé en Espagne.

176983